Diogenes Taschenbuch 21121

W0025594

Georges Simenon

Das blaue Zimmer

Roman

Aus dem Französischen
von Angela von Hagen

Thomas

Diogenes

Titel der Originalausgabe:
›La chambre bleue‹
Copyright © 1964 by Georges Simenon
Die deutsche Erstausgabe
erschien 1964
Die vorliegende Übersetzung wurde für
die Neuausgabe 2001 überarbeitet
Umschlagfoto:
Copyright © Gérard Sioën/Rapho, Paris

Veröffentlicht als Diogenes Taschenbuch, 1983
Alle deutschen Rechte vorbehalten
Copyright © 1979, 2001
Diogenes Verlag AG Zürich
www. diogenes.ch
60/01/36/3
ISBN 3 257 21121 X

I

»Hab ich dir weh getan?«

»Nein.«

»Bist du mir böse?«

»Nein.«

Das stimmte. In diesem Augenblick stimmte alles, denn er gab sich ganz dem momentanen Erlebnis hin, ohne sich Fragen zu stellen, ohne zu versuchen, etwas zu verstehen, ohne zu ahnen, daß es eines Tages etwas zu verstehen geben würde. Es stimmte nicht nur alles, es war auch alles wirklich: er, das Zimmer, Andrée, die immer noch ausgestreckt auf dem zerwühlten Bett lag, nackt, mit offenen Schenkeln und mit dem dunklen Fleck ihrer Scham, aus der ein Samenfaden rann.

War er glücklich? Wenn man ihn gefragt hätte, hätte er ohne Zögern ja gesagt. Es fiel ihm nicht ein, Andrée böse zu sein, weil sie ihm die Lippe zerbissen hatte. Das gehörte einfach dazu. Er stand, ebenfalls nackt, vor dem Spiegel am Waschtisch und tupfte mit einem frisch angefeuchteten Handtuch seine Lippe ab.

»Wird deine Frau dir Fragen stellen?«

»Ich glaub nicht.«

»Stellt sie dir manchmal welche?«

Die Worte waren völlig bedeutungslos. Sie sprachen

zum Vergnügen, wie man nach dem Lieben spricht, wenn man den Körper noch spürt und der Kopf ein wenig leer ist.

»Du hast einen schönen Rücken.«

Auf dem Handtuch blieben ein paar rötliche Flecken zurück. Unten auf der Straße rumpelte ein leerer Lastwagen über das Pflaster. Auf der Terrasse sprachen Leute. Hie und da konnte man ein paar Worte auffangen, die keine Sätze ergaben und nichts besagten.

»Liebst du mich, Tony?«

»Ich glaub schon...«

Er sprach im Scherz, aber er lächelte nicht dabei, denn er tupfte immer noch mit dem feuchten Tuch seine Unterlippe ab.

»Du bist nicht sicher?«

Er drehte sich zu ihr um und sah mit Freude den Samen, seinen Samen, so innig mit dem Körper seiner Geliebten verbunden.

Das Zimmer war blau, blau wie Lauge, hatte er eines Tages gedacht; ein Blau, das ihn an seine Kindheit erinnerte, an die kleinen Etaminbeutel mit blauem Pulver, die seine Mutter vor dem letzten Spülen in den Zuber schüttete, bevor sie die Wäsche auf dem leuchtenden Gras der Wiese auslegte. Er mußte damals fünf oder sechs Jahre alt gewesen sein, und er hatte sich gefragt, durch welches Wunder die blaue Farbe die Wäsche weiß machte.

Später, lange nach dem Tod der Mutter, als ihr Gesicht in seinem Gedächtnis bereits verblaßte, hatte er sich auch gefragt, warum so arme Leute wie sie, die geflickte Kleidung trugen, weißer Wäsche so große Bedeutung beimaßen.

Dachte er in diesem Augenblick daran? Das würde er erst später wissen. Das Blau des Zimmers war nicht nur das Blau der Lauge, es war auch das Blau des Himmels an bestimmten warmen Augustnachmittagen, kurz bevor die untergehende Sonne ihn rosa und dann rot färbte.

Es war August. Der 2. August. Der Nachmittag war bereits vorgerückt. Um fünf Uhr begannen vergoldete Wolken leicht wie Schlagsahne über dem Bahnhof aufzusteigen, dessen weiße Fassade im Schatten blieb.

»Könntest du dein ganzes Leben mit mir verbringen?«

Er nahm die Worte nicht bewußt auf, nicht bewußter als Bilder oder Gerüche. Wie hätte er ahnen können, daß er diese Szene später zehnmal, zwanzigmal und öfter durchleben würde, jedesmal in einer anderen Verfassung, jedesmal aus einer anderen Perspektive?

Monatelang würde er sich bemühen, sich an das kleinste Detail zu erinnern, nicht immer freiwillig, sondern weil andere ihn dazu zwingen würden.

Professor Bigot zum Beispiel, der vom Untersuchungsrichter bestellte Psychiater, würde in ihn dringen und seine Reaktionen beobachten:

»Hat sie Sie oft gebissen?«

»Manchmal.«

»Wie oft?«

»Wir haben uns insgesamt nur achtmal im Hôtel des Voyageurs getroffen.«

»Achtmal in einem Jahr?«

»In elf Monaten... ja, elf, da es im September angefangen hat...«

»Wie oft hat sie Sie gebissen?«

»Vielleicht drei- oder viermal.«

»Während des Geschlechtsverkehrs?«

»Ich glaube... ja...«

Ja...? Nein...? Heute allerdings war es hinterher geschehen, als er sich von ihr gelöst hatte, noch auf der Seite lag und sie durch seine halbgeschlossenen Augenlider betrachtete, verzaubert von dem Licht, das sie beide umgab.

Die Luft war warm draußen auf dem Bahnhofsplatz, und auch im sonnendurchfluteten Zimmer – eine lebendige Wärme, die zu atmen schien.

Er hatte die Fensterläden nicht ganz geschlossen, bis auf einen Spalt von etwa zwanzig Zentimetern, so daß sie durch das offene Fenster die Geräusche der Kleinstadt hörten, die einen verworren wie ein ferner Chor, die anderen nah und deutlich, sich klar abhebend wie etwa die Stimmen der Gäste auf der Terrasse.

All diese Geräusche waren bis zu ihnen gedrungen, als sie sich vorhin in wilder Leidenschaft der Liebe hingaben; sie hatten sich vermischt mit ihren Körpern, ihrem Speichel, ihrem Schweiß, mit Andrées weißem Leib und seiner eigenen dunkleren Haut, mit dem rautenförmigen Lichtstrahl, der das Zimmer teilte, den blauen Wänden, dem zitternden Reflex auf dem Spiegel und dem Geruch des Hotels, einem ländlichen Geruch nach Wein und Schnaps, die im großen Saal serviert wurden, nach dem Ragout, das in der Küche schmorte, und auch nach der Matratze aus leicht modrigem Seegras.

»Du bist schön, Tony.«

Das sagte sie jedesmal, wenn sie ausgestreckt dalag und er im Zimmer herumging und die Taschen seiner Hose, die er über einen Korbstuhl geworfen hatte, nach seinen Zigaretten durchwühlte.

»Blutest du noch?«

»Nur ein kleines bißchen.«

»Was sagst du ihr, wenn sie dich fragt?«

Er zuckte mit den Schultern, er verstand nicht, warum sie sich darüber Gedanken machte. Für ihn gab es im Augenblick nichts, was von Bedeutung gewesen wäre. Er fühlte sich wohl, in Einklang mit der Welt.

»Ich sag ihr, daß ich mich gestoßen habe... an der Windschutzscheibe zum Beispiel, weil ich zu scharf gebremst habe...«

Er zündete sich eine Zigarette an, sie schmeckte eigenartig. Bei der Rekonstruktion dieser Begegnung würde er sich an noch einen Geruch erinnern, an den der Züge, der sich von den anderen Gerüchen abhob. Ein Güterzug rangierte hinter den Frachtgutgebäuden, und die Lokomotive stieß manchmal einen kurzen Pfiff aus.

Professor Bigot – er war rothaarig, klein, mager und hatte dichte, struppige Augenbrauen – würde nicht lockerlassen:

»Sind Sie nie auf den Gedanken gekommen, daß sie Sie absichtlich gebissen hat?«

»Warum?«

Später würde auch sein Anwalt, Maître Demarié, darauf zurückkommen.

»Ich glaube, man könnte einen Vorteil aus diesen Bissen schlagen.«

Aber wie gesagt, wie hätte er jetzt daran denken sollen, da er ausschließlich damit beschäftigt war zu leben? Dachte er überhaupt an irgend etwas? Wenn ja, dann geschah es unbewußt. Er antwortete Andrée, ohne zu überlegen, obenhin, in unbeschwertem, heiterem Ton, überzeugt, dass seine Worte keinerlei Gewicht hatten, geschweige denn von Belang wären für die Zukunft.

Eines Nachmittags, bei ihrer dritten oder vierten Begegnung, hatte Andrée der Bemerkung, daß er schön sei, hinzugefügt:

»Du bist so schön, daß ich vor allen Leuten mit dir schlafen möchte, mitten auf dem Bahnhofsplatz ...«

Er hatte gelacht, ohne allzu überrascht zu sein. Er behielt ganz gern, wenn sie sich umarmten, einen gewissen Kontakt zur Außenwelt, zu den Geräuschen, den Stimmen, dem Zittern des Lichts, bis hin zu den Schritten auf dem Trottoir und dem Klirren der Gläser auf den Tischen der Terrasse.

Eines Tages war eine Blechmusik vorbeimarschiert, und sie hatten sich einen Spaß daraus gemacht, den Rhythmus ihrer Bewegungen der Musik anzupassen. Ein anderes Mal war ein Gewitter ausgebrochen, und Andrée hatte darauf bestanden, daß er die Fenster und Läden weit öffnete.

War es nicht ein Spiel? Auf jeden Fall fand er nichts Schlimmes dabei. Sie war nackt und lag schräg auf dem Bett in einer betont schamlosen Pose. Sie benahm sich absichtlich so schamlos wie möglich, kaum daß sie die Schwelle des Zimmers überschritten hatte.

Es kam vor, daß sie, wenn sie sich gerade ausgezogen hatten, mit gespielter Unschuld, die ihn nicht täuschen sollte und die zum Spiel gehörte, flüsterte:

»Ich hab Durst. Hast du nicht auch Durst?«

»Nein.«

»Du wirst aber gleich Durst bekommen. Also läute mal Françoise und bestell was zu trinken...«

Françoise, das Dienstmädchen, war dreißig Jahre alt und arbeitete seit ihrem fünfzehnten Lebensjahr in Cafés und Hotels. Sie wunderte sich über nichts mehr.

»Jawohl, Monsieur Tony?«

Sie sagte Monsieur Tony, denn er war der Bruder ihres Patrons Vincent Falcone; sein Name stand in dicken Lettern vorn auf dem Haus, und seine Stimme war auf der Terrasse zu hören.

»Haben Sie sich nicht gefragt, ob sie vielleicht etwas im Schilde führte?«

Was er gerade erlebte, während dieser halben Stunde, nicht einmal, während ein paar Minuten seines Daseins, würde in Bilder zerlegt werden, in einzelne Laute, unter die Lupe genommen, nicht nur von anderen, auch von ihm selbst.

Andrée war groß. Im Bett fiel das nicht auf, aber sie war drei oder vier Zentimeter größer als er. Obwohl sie aus der Gegend stammte, hatte sie die braunen, fast schwarzen Haare einer Südfranzösin oder einer Italienerin, und sie stachen von ihrer weißen und glatten, im Licht schimmernden Haut ab. Ihr Körper wirkte ein wenig schwer, sie hatte volle Formen, und ihr Fleisch, vor allem Brüste und Schenkel, war fest und glänzte.

Mit seinen dreiunddreißig Jahren hatte er viele Frauen gekannt. Bei keiner hatte er so große Lust empfunden wie bei ihr, eine vollkommene, animalische Lust ohne Hintergedanken, auf die weder Ekel noch Scham noch Überdruß folgte.

Im Gegenteil! Wenn ihre Körper nach zwei Stunden die höchste Lust erreicht hatten, blieben sie beide nackt, um ihre körperliche Vertrautheit fortzusetzen, die Harmonie zu genießen, die nicht nur zwischen ihnen herrschte, sondern alles, was sie umgab, miteinbezog.

Alles hatte seinen Wert und seinen Platz in einem schwingenden Kosmos, sogar die Fliege auf Andrées Bauch, die diese mit einem satten, zufriedenen Lächeln betrachtete.

»Könntest du wirklich dein ganzes Leben mit mir verbringen?«

»Sicher …«

»Bist du so sicher? Hättest du nicht ein bißchen Angst?«

»Angst wovor?«

»Kannst du dir vorstellen, wie wir die Tage verbringen würden?«

Auch diese Worte, heute so leicht dahingesprochen, würden in einigen Monaten drohend wieder auftauchen.

»Mit der Zeit würden wir uns daran gewöhnen«, murmelte er, ohne zu überlegen.

»Woran?«

»An uns beide.«

Er war arglos und unschuldig. Nur der jetzige Augenblick zählte. Ein kraftvoller Mann und ein heißblütiges Weib hatten sich aneinander berauscht, und wenn Tony noch einen leichten Schmerz empfand, so war es ein gesunder und köstlicher Schmerz.

»Ah! Der Zug …«

Nicht er hatte gesprochen. Es war sein Bruder draußen.

Aber die Worte waren Tony doch aufgefallen, und er ging unwillkürlich zum Fenster, auf den heißen Lichtspalt zwischen den Läden zu.

Konnte man ihn von draußen sehen? Es kümmerte ihn nicht. Sicher nicht, denn von draußen mußte das Zimmer dunkel erscheinen, und da sie sich im ersten Stock befanden, würde man höchstens seinen Oberkörper erkennen.

»Wenn ich daran denke, wie viele Jahre ich deinetwegen verloren habe ...«

»Meinetwegen?« wiederholte er fröhlich.

»Wer ist denn weggegangen? Ich?«

Vom sechsten Lebensjahr an waren sie zusammen zur Schule gegangen. Erst als sie über dreißig und beide verheiratet waren ...

»Antworte mir im Ernst, Tony ... wenn ich frei wäre ...«

Hörte er zu? Der Zug, der durch das weiße Bahnhofsgebäude verdeckt wurde, hatte angehalten, und die Reisenden kamen nun durch die Tür auf der rechten Seite, wo ein Beamter in Uniform die Fahrkarten einsammelte.

»Würdest du dich auch frei machen?«

Die Lokomotive pfiff vor der Abfahrt so laut, daß er nichts mehr hörte.

»Was hast du gesagt?«

»Ich frag dich, ob du in dem Fall ...«

Er hatte den Kopf halb dem Blau des Zimmers zugewandt, dem weißen Bett und dem Körper Andrées, aber ein Bild am Rand seines Gesichtsfeldes veranlaßte ihn, noch einmal hinauszuschauen. Unter den unbekannten Gestalten – Männer, Frauen, ein Baby in den Armen seiner

Mutter, ein kleines Mädchen, das an der Hand fortgezogen wurde – hatte er soeben ein Gesicht erkannt.

»Dein Mann…«

Von einer Sekunde auf die andere hatte sich Tonys Gesichtsausdruck verändert.

»Nicolas?«

»Ja…«

»Wo ist er? Was macht er?«

»Er kommt über den Platz…«

»Hierher?«

»Direkt…«

»Wie sieht er aus?«

»Ich weiß nicht. Er hat die Sonne im Rücken.«

»Wo gehst du hin?«

Er raffte seine Kleider, seine Wäsche, seine Schuhe zusammen. »Ich kann doch nicht hierbleiben… Solange er uns nicht zusammen findet…«

Er sah sie nicht mehr an und kümmerte sich nicht mehr um sie, weder um ihren Körper noch darum, was sie sagen oder denken könnte. Von Panik ergriffen warf er einen letzten Blick aus dem Fenster und stürzte aus dem Zimmer.

Wenn Nicolas mit dem Zug nach Triant kam, während seine Frau sich hier aufhielt, hatte das einen ernsten Grund.

Auf der Treppe mit den abgenutzten Stufen war es schattig und kühl; Tony, seine Kleider unter dem Arm, stieg ein Stockwerk höher. Er fand am Ende des Ganges eine halboffene Tür und Françoise in schwarzem Kleid und weißer Schürze, die ein Bett bezog. Sie betrachtete ihn von oben bis unten und begann zu lachen.

»Sie, Monsieur Tony…! Haben Sie sich gestritten?«

»Scht!«

»Was ist los?«

»Ihr Mann…«

»Hat er Sie überrascht?«

»Noch nicht… Er kommt auf das Hotel zu…«

Er zog sich in fieberhafter Eile an und lauschte angestrengt, ob er den kraftlosen Schritt von Nicolas auf der Treppe hörte.

»Schau nach, was er macht, und komm schnell zurück und sag's mir…«

Er mochte Françoise, ein munteres, stämmiges Mädchen mit lachenden Augen, und sie erwiderte seine Zuneigung.

Die eine Hälfte der Zimmerdecke war schräg, die Tapete mit rosa Blumen übersät, und ein schwarzes Kruzifix hing über dem Nußbaumbett. Im blauen Zimmer hing auch ein Kruzifix, über dem Kamin, es war etwas kleiner.

Er hatte keine Krawatte, sein Jackett hatte er im Auto gelassen. Die Vorsichtsmaßnahmen, die Andrée und er vor fast einem Jahr vereinbart hatten, erwiesen sich auf einmal als nützlich.

Wenn sie sich im Hôtel des Voyageurs trafen, ließ Tony seinen Lieferwagen in der Rue des Saules, einer ruhigen, alten, parallel zur Rue Gambetta verlaufenden Straße, während Andrée ihren grauen 2 CV über dreihundert Meter entfernt an der Place du Marché parkte.

Durch das Mansardenfenster blickte er auf den Hof des Hotels mit den Ställen im Hintergrund, wo pickende Hühner herumliefen. Jeden dritten Montag im Monat wurde vor den Frachtgutgebäuden ein Viehmarkt abgehalten, und viele Bauern aus der Umgebung kamen noch mit dem Pferdekarren nach Triant.

Françoise kam wieder herauf, ohne sich zu beeilen.

»Nun?«

»Er sitzt auf der Terrasse und hat gerade eine Limonade bestellt.«

»Wie sieht er aus?«

Er stellte fast dieselben Fragen wie vorher Andrée.

»Er sieht nach nichts aus.«

»Hat er nach seiner Frau gefragt?«

»Nein. Aber er kann von da, wo er sitzt, beide Ausgänge beobachten.«

»Hat mein Bruder nichts gesagt?«

»Daß Sie sich über den Hof von der Werkstatt nebenan verdrücken können.«

Er kannte den Weg. Im Hof mußte er über eine eineinhalb Meter hohe Mauer springen, dann befand er sich hinter Chérons Werkstatt, deren Tanksäulen der Place de la Gare entlang standen; von dort führte ein Gäßchen zur Rue des Saules, das zwischen einer Apotheke und der Bäkkerei Patin endete.

»Du weißt nicht, was sie macht?«

»Nein.«

»Hast du Geräusche im Zimmer gehört?«

»Ich hab nicht gehorcht.«

Françoise mochte Andrée nicht besonders, vielleicht weil sie für Tony eine gewisse Zuneigung empfand und eifersüchtig war.

»Sie gehen besser nicht durchs Erdgeschoß. Wenn er auf die Toilette geht...«

Er stellte sich Nicolas vor, seine gallige Hautfarbe, sein ewig trauriges oder verdrossenes Gesicht, wie er auf der Terrasse saß, während er eigentlich hinter dem Ladentisch seines Lebensmittelgeschäfts stehen sollte. Sicher hatte er seine Mutter gebeten, ihn zu vertreten. Welchen Grund hatte er ihr wohl für diese ungewöhnliche Fahrt nach Triant angegeben? Was wußte er? Wer hatte ihm etwas gesagt?

»Haben Sie nie an die Möglichkeit eines anonymen Briefes gedacht, Monsieur Falcone?«

Diese Frage stellte Monsieur Diem, der Untersuchungsrichter, dessen Schüchternheit so verwirrend wirkte.

»Niemand in Saint-Justin hat von unserem Verhältnis gewußt. Auch in Triant nicht, außer meinem Bruder, meiner Schwägerin und Françoise. Wir waren vorsichtig. Sie ging durch die kleine Tür in der Rue Gambetta, die direkt zum Treppenhaus führt, hinein und konnte so ins Zimmer hinauf, ohne durchs Café zu gehen.«

»Natürlich sind Sie sich Ihres Bruders sicher?«

Auf eine solche Frage konnte er nur lächeln. Sein Bruder, das war wie er selbst.

»Auch Ihrer Schwägerin?«

Lucia liebte ihn fast ebensosehr wie Vincent, natürlich auf andere Art. Sie war wie sie beide italienischer Abstammung, und die Familie ging ihr über alles.

»Das Dienstmädchen?«

Auch wenn sie in Tony verliebt war: Françoise hätte niemals einen anonymen Brief geschickt.

»Da ist aber noch jemand ...«, murmelte Monsieur Diem vor sich hin; er wandte den Kopf zur Seite, die Sonne spielte in seinen ein wenig wirren Haaren.

»Wer?«

»Sie kommen nicht darauf? Rufen Sie sich die Sätze ins Gedächtnis, die Sie mir beim letzten Verhör wiederholt haben. Soll sie der Gerichtsschreiber noch mal vorlesen?«

Er wurde rot, schüttelte den Kopf.

»Unmöglich, daß Andrée ...«

»Warum?«

Aber soweit war es noch lange nicht. Im Augenblick stieg er hinter Françoise die Treppe hinunter und gab acht, daß die Stufen nicht knarrten. Das Hôtel des Voyageurs stammte noch aus der Zeit der Postkutschen. Tony blieb einen Augenblick vor dem blauen Zimmer stehen, aus dem kein Laut zu ihm drang. Mußte er daraus schließen, daß Andrée noch immer nackt auf dem Bett lag?

Françoise zog ihn bis zum Ende des gebogenen Ganges und zeigte auf ein kleines offenes Fenster, das auf das schräge Dach eines Schuppens ging.

»Rechts ist ein Heuhaufen. Sie können ruhig springen.«

Die Hühner gackerten, als er auf dem Hof landete, gleich darauf kletterte er über die hintere Mauer und befand sich in einem Wirrwarr von alten Autos und Ersatzteilen. Ein Tankwart in weißem Kittel füllte an der Tankstelle Benzin in ein Auto und drehte sich nicht um.

Tony schlich sich vorbei und fand das Gäßchen; es roch nach faulem Wasser und dann nach warmem Brot aus dem Kellerfenster einer Backstube.

Schließlich setzte er sich in der Rue des Saules hinter das Lenkrad seines Lieferwagens, der auf zitronengelbem Grund die schwarze Aufschrift trug:

Antoine Falcone
Traktoren – Landmaschinen
Saint-Justin-du-Loup

Vor einer Viertelstunde hatte er sich mit der ganzen Welt in Einklang gefühlt. Wie nun das Mißbehagen beschreiben, das sich seiner bemächtigt hatte? Angst war es nicht. Er hatte nicht die Spur eines Verdachts.

»Es hat Sie nicht verwirrt, als Sie ihn aus dem Bahnhof kommen sahen?«

Ja… Nein… Ein wenig, wegen des Charakters und der Gewohnheiten von Nicolas, wegen seiner Gesundheit, um die er so besorgt war.

Er mied die Place de la Gare und fuhr um Triant herum zur Straße nach Saint-Justin. Bei einer Brücke am Orneau stand eine ganze Familie und angelte, auch ein kleines Mädchen von sechs Jahren, das gerade einen Fisch aus dem Wasser gezogen hatte und nicht wußte, wie es ihn vom Haken lösen sollte. Sicher Pariser. Im Sommer sah man sie überall. Es waren auch welche bei seinem Bruder, vom blauen Zimmer aus hatte er vorhin ihren Akzent auf der Terrasse erkannt.

Die Straße führte durch Kornfelder, die vor zwei Wochen gemäht worden waren, durch Weinberge und Wiesen, auf denen die in dieser Gegend heimischen Kühe weideten, rötlichbraune mit fast schwarzem Maul.

Das drei Kilometer entfernte Saint-Severin bestand nur aus einer kurzen Straße, einige Höfe lagen rundherum verstreut. Dann sah er rechts den kleinen Wald, der nach dem Weiler, den er verbarg, Bois de Sarelle genannt wurde.

Hier, einige Meter vom ungeteerten Weg entfernt, hatte im September des Vorjahres alles angefangen.

»Erzählen Sie vom Anfang Ihres Verhältnisses ...«

Zuerst hatten ihm der Wachtmeister, dann der Inspektor der Gendarmerie von Triant, dann ein Kommissar der Kriminalpolizei von Poitiers immer dieselben Fragen gestellt; dann kam der Untersuchungsrichter Diem, dann der magere Psychiater, dann sein Anwalt, Maître Demarié, und zuletzt der Vorsitzende des Schwurgerichts.

Dieselben Worte wiederholten sich im Verlauf von Wochen und Monaten, immer wieder andere Stimmen sprachen sie aus in immer wieder neuer Umgebung, und darüber vergingen der Frühling, der Sommer, der Herbst.

»Der eigentliche Anfang? Wir kennen uns, seitdem wir drei Jahre alt waren, denn wir haben im selben Dorf gewohnt, wir sind zusammen in die Schule gegangen, dann zur ersten Kommunion ...«

»Ich spreche von Ihren sexuellen Beziehungen zu Andrée Despierre ... Existierten die bereits vorher?«

»Wann vorher?«

»Bevor sie Ihren Freund geheiratet hat.«

»Nicolas war nicht mein Freund.«

»Sagen wir also Ihr Kamerad oder, wenn Ihnen das lieber ist, Ihr Mitschüler. Sie hieß damals Formier und wohnte mit ihrer Mutter im Schloß ...«

Es war kein richtiges Schloß. Früher hatte dort eines gestanden, gleich bei der Kirche, aber jetzt waren nur noch ein paar Wirtschaftsgebäude übrig. Seit eineinhalb Jahrhunderten vielleicht, sicher seit der Revolution, redete man immer noch vom »Schloß«.

»Haben Sie vor ihrer Heirat...«

»Nein, Herr Richter.«

»Nicht einmal ein Flirt? Haben Sie sie nie geküßt?«

»Auf die Idee wär ich nicht gekommen.«

»Warum?«

Fast hätte er geantwortet:

»Weil sie zu groß war.«

Und das stimmte. Er hätte bei diesem großen, abweisenden Mädchen, das ihn an eine Statue erinnerte, niemals an Liebe gedacht.

Außerdem war sie Mademoiselle Formier, die Tochter des Arztes Formier, der in der Deportation gestorben war. War diese Erklärung ausreichend? Er fand keine andere. Sie hatten sich nicht auf derselben Ebene bewegt, sie und er.

Wenn sie mit der Schulmappe auf dem Rücken aus der Schule gekommen waren, hatten sie nur den Hof überqueren müssen, um zu Hause zu sein, mitten im Dorf, während er mit zwei Kameraden den Weg nach La Boisselle eingeschlagen hatte, einem Weiler mit drei Höfen bei der Brücke über den Orneau.

»Als Sie vor vier Jahren als Ehemann und Familienvater nach Saint-Justin zurückkamen und Ihr Haus bauten, haben Sie da wieder Kontakt mit ihr aufgenommen?«

»Sie war mit Nicolas verheiratet und führte mit ihm das Lebensmittelgeschäft. Manchmal habe ich dort eingekauft, aber meistens ist meine Frau gegangen...«

»Sagen Sie mir jetzt also, wie alles angefangen hat.«

Genau dort, wo er jetzt vorbeifuhr, am Rand des Bois de Sarelle. In Triant hatte an diesem Tag weder der kleine noch der große Markt stattgefunden. Der große Markt wurde jeden Montag abgehalten, der kleine am Freitag. Er ging regelmäßig dorthin, denn es war eine Gelegenheit, seine Kunden zu treffen.

Nicolas konnte nicht Auto fahren wegen seiner Anfälle, das wußte der Richter. Andrée fuhr jeden Donnerstag mit dem 2 CV nach Triant, um bei den Groß- und Zwischenhändlern ihre Einkäufe zu machen.

Jedes zweite Mal blieb sie den ganzen Tag in der Stadt, um dort auch zum Friseur zu gehen.

»Sie haben sie während der vier Jahre sicher oft getroffen?«

»Ein paarmal, ja. In Triant trifft man immer Leute aus Saint-Justin.«

»Haben Sie miteinander gesprochen?«

»Ich hab sie gegrüßt.«

»Von weitem?«

»Von weitem, aus der Nähe, je nachdem...«

»Es gab keine anderen Kontakte zwischen Ihnen?«

»Ich hab sie schon mal gefragt, wie es ihrem Mann geht oder wie es ihr geht.«

»Sie hatten kein Auge auf sie?«

»Wie bitte?«

»Aus der Untersuchung geht hervor, daß Sie sich während Ihrer Geschäftsreisen einige Abenteuer mit Frauen geleistet haben.«

»Das kam vor, wie bei andern Männern auch.«

»Oft?«

»Wenn sich die Gelegenheit dazu bot.«

»Unter anderem auch mit Françoise, dem Dienstmädchen Ihres Bruders?«

»Einmal. Es war eher ein Scherz.«

»Was wollen Sie damit sagen?«

»Sie hatte mich herausgefordert, ich weiß nicht mehr womit, und eines Tages, als ich sie auf der Treppe traf...«

»Es geschah auf der Treppe?«

»Ja.«

Warum betrachtete man ihn bald als zynisches Ungeheuer und bald als eine Absonderlichkeit an Naivität?

»Wir haben das beide nicht ernst genommen.«

»Und doch hatten Sie sexuelle Beziehungen.«

»Natürlich.«

»Hatten Sie nie Lust, sie wieder aufzunehmen?«

»Nein.«

»Warum?«

»Vielleicht weil gleich danach Andrée da war.«

»Das Dienstmädchen Ihres Bruders hat Ihnen nichts nachgetragen?«

»Wieso sollte sie?«

Wie anders das Leben ist, wenn man es lebt und wenn man es im nachhinein untersucht! Er ließ sich allmählich verwirren durch die Gefühle, die man ihm unterstellte, er konnte nicht mehr auseinanderhalten, was stimmte und was nicht; er fragte sich schließlich, wo das Gute aufhörte und das Böse anfing.

Diese Begegnung im September zum Beispiel! Höchstwahrscheinlich war es ein Donnerstag gewesen, denn Andrée war nach Triant gefahren. Sie mußte sich verspätet haben, beim Friseur oder sonstwo, denn sie kam später zurück als sonst, es wurde schon dunkel.

Er seinerseits war gezwungen gewesen, mit Kunden

einige Gläser Landwein zu trinken. Er trank so wenig wie möglich, aber sein Beruf erlaubte es ihm nicht immer, eine Runde auszuschlagen.

Er war fröhlich und unbeschwert gewesen wie vorhin im blauen Zimmer, als er ganz nackt vor dem Spiegel gestanden und das Blut auf seiner Lippe abgetupft hatte.

Er hatte gerade in der Dämmerung seine Scheinwerfer angezündet, als er den grauen 2 CV von Andrée am Straßenrand bemerkte und Andrée selbst in einem hellen Kleid, die ihm ein Zeichen machte, er solle anhalten.

Natürlich bremste er.

»Gut, daß du vorbeikommst, Tony...«

Später würde man ihn fragen, als ob das ein belastender Umstand wäre:

»Sie haben sich bereits geduzt?«

»Klar, seit der Schule.«

»Fahren Sie fort.«

Was mochte der Richter wohl auf dem maschinenbeschriebenen Blatt notieren, das vor ihm lag?

»Sie hat zu mir gesagt:

›Wenn ich einmal den Wagenheber aus Platzmangel zu Hause lasse, muß mir der Reifen platzen... Hast du einen?‹«

Er brauchte sich nicht erst die Jacke auszuziehen, denn es war noch warm, und er trug keine. Er erinnerte sich, daß sein offenes Hemd kurze Ärmel hatte und er eine Hose aus blauem Drillich trug.

Was konnte er anderes tun als den Reifen abmontieren?

»Hast du einen Reservereifen?«

Während er arbeitete, wurde es vollends dunkel. Andrée stand neben ihm und reichte ihm die Werkzeuge.

»Du kommst zu spät zum Abendessen.«

»Ach weißt du, in meinem Beruf ist das keine Seltenheit.«

»Deine Frau sagt nichts?«

»Sie weiß, daß es nicht meine Schuld ist.«

»Hast du sie in Paris kennengelernt?«

»In Poitiers.«

»Sie ist aus Poitiers?«

»Aus einem Dorf in der Umgebung. Sie hat in der Stadt gearbeitet.«

»Du magst blonde Frauen?«

Gisèle war blond und hatte eine zarte, durchsichtige Haut, die sich bei der geringsten Erregung rosa färbte.

»Ich weiß nicht. Ich hab nie drüber nachgedacht.«

»Ich hab mich gefragt, ob dir Frauen mit braunem Haar angst machen.«

»Warum?«

»Weil du früher fast alle Mädchen im Dorf geküßt hast, nur mich nicht.«

»Daran hab ich offenbar nicht gedacht«, sagte er scherzend und wischte sich die Hände ab.

»Willst du mal versuchen, mich zu küssen?«

Er sah sie erstaunt an und war versucht, noch einmal zu fragen:

»Warum?«

In der Dunkelheit konnte er sie kaum sehen.

»Willst du?« wiederholte sie mit einer Stimme, die er kaum wiedererkannte.

Er erinnerte sich an die kleinen roten Lichter am Heck des Autos, an den Duft der Kastanienbäume, dann an den Geruch und den Geschmack von Andrées Mund. Sie preßte ihre Lippen auf die seinen, nahm seine Hand und führte sie zu ihrer Brust: Er war überrascht, wie rund und schwer und lebendig sie war.

Und er hatte sie für eine Statue gehalten!

Ein Lastwagen kam näher, immer noch fest umschlungen wichen sie zurück, um dem Scheinwerferlicht auszuweichen, gegen den Straßenrand, wo die ersten Bäume standen. Dort durchlief Andrée plötzlich ein Zittern, wie er es noch nie bei einer Frau erlebt hatte. Sie zog ihn mit ihrem ganzen Gewicht mit sich und sagte noch einmal:

»Willst du?«

Sie fanden sich auf der Erde wieder, im hohen Gras, in den Brennesseln.

Er sagte es weder den Leuten von der Polizei noch dem Richter. Erst Professor Bigot, der Psychiater, nötigte ihm nach und nach die Wahrheit ab: Sie war es, die ihr Kleid bis zum Bauch hochgezogen hatte, die ihre Brüste aus der Bluse hatte quellen lassen und ihm mit fast röchelnder, kehliger Stimme befohlen hatte:

»Tony, nimm mich!«

In Wirklichkeit war sie es gewesen, die ihn in Besitz genommen hatte, und ihre Augen drückten ebenso Triumph wie Leidenschaft aus.

»Ich hatte nicht geahnt, daß sie so sein würde.«

»Was wollen Sie damit sagen?«

»Ich hielt sie für ein kaltes und hochmütiges Mädchen, wie ihre Mutter.«

»Sie zeigte keinerlei Verlegenheit hinterher?«

Sie hatte ausgestreckt im Gras gelegen, ohne sich zu rühren, mit gespreizten Beinen wie diesen Nachmittag im Hotelzimmer, und hatte zu ihm gesagt:

»Danke, Tony.«

Sie schien es wirklich so zu meinen. Sie war ganz demütig, fast wie ein kleines Mädchen.

»Ich möcht es schon so lange, weißt du. Schon seit der Schule. Erinnerst du dich an Linette Pichat? Sie schielte, und trotzdem bist du monatelang hinter ihr hergelaufen.«

Sie war jetzt Lehrerin in der Vendée und verbrachte jedes Jahr die Ferien bei ihren Eltern.

»Ich habe euch mal zusammen überrascht. Du warst vielleicht vierzehn.«

»Hinter der Ziegelei?«

»Du hast es nicht vergessen?«

Er lachte.

»Ich hab's nicht vergessen, weil's das erste Mal war.«

»Für sie auch?«

»Ich weiß nicht. Ich hab nicht genug Erfahrung gehabt, um es zu merken.«

»Wie hab ich sie gehaßt! Monatelang hab ich mir abends im Bett überlegt, wie ich sie quälen könnte.«

»Ist dir was eingefallen?«

»Nein. Ich hab mich damit begnügt zu beten, daß sie krank wird oder durch einen Unfall entstellt.«

»Wir fahren besser nach Saint-Justin zurück.«

»Einen Augenblick noch, Tony. Nein! Steh nicht auf. Wir müssen eine Möglichkeit finden, uns woanders wiederzusehen als am Straßenrand. Ich fahre jeden Donnerstag nach Triant.«

»Ich weiß.«

»Vielleicht kann dein Bruder ...«

Anscheinend schloß der Richter daraus:

»Im großen und ganzen war also von diesem Abend an alles abgemacht?«

Es war schwer festzustellen, ob er es ironisch meinte oder nicht.

Am 2. August existierte der Richter noch nicht in Tonys Leben. Er fuhr nach Hause. Es war noch nicht Nacht wie im September; der Himmel begann sich erst im Westen rot zu färben, und er mußte lange hinter einer Kuhherde herfahren, bis er sie überholen konnte.

In einer Senke ein Dorf: Doncœur. Dann ein sanfter Hügel, wieder Felder, Wiesen, ein weiter Himmel und hinter einer Anhöhe sein neues, aus rosa Backstein gebautes Haus, in einer Scheibe der Widerschein der Sonne. Seine Tochter Marianne saß auf der Türschwelle, und hinten, am Ende des Geländes, stand der silberweiße Schuppen, auf dem sein Name prangte wie auf seinem Lieferwagen und in dem die Landmaschinen standen.

Marianne hatte von weitem sein Auto erkannt, sie drehte sich zur Tür und rief wohl:

»Pap kommt!«

Sie weigerte sich, Papa zu sagen wie die anderen Kinder, und manchmal nannte sie ihn zum Spaß, vielleicht auch weil sie auf ihre Mutter eifersüchtig war, Tony.

2

Sein Haus stand links am Hang auf halber Höhe, es war von einem Garten umgeben und durch eine Wiese von dem alten grauen Haus mit Schieferdach getrennt, das den Schwestern Molard gehörte. Dann kam die Schmiede und schließlich, hundert Meter weiter unten, das Dorf mit richtigen Straßen; die Fassaden der Häuser stießen aneinander, es gab kleine Cafés und Läden. Die Einwohner mochten das Wort Dorf nicht und sagten dafür Marktflecken. Es war ein großer Marktflecken mit 1600 Einwohnern, ohne die drei Weiler mitzuzählen, die eigentlich noch dazugehörten.

»Hast du dich gebalgt, Pap?«

Er hatte Andrées Biß vergessen.

»Deine Lippe ist ganz geschwollen.«

»Ich hab mich gestoßen.«

»Wo?«

»An einem Pfosten, auf der Straße in Triant. Das kommt davon, wenn man vergißt, auf den Weg aufzupassen.«

»Mama! Pap hat sich an einem Pfosten gestoßen!«

Seine Frau kam aus der Küche, sie hatte eine kleinkarierte Schürze an und einen Topf in der Hand.

»Ist das wahr, Tony?«

»Nicht der Rede wert, glaub mir.«

Mutter und Tochter glichen sich so sehr, daß es ihn manchmal, wenn er sie zusammen sah, fast ein wenig irritierte.

»War's nicht zu warm?«

»Nicht allzusehr. Ich muß im Büro noch etwas fertigmachen.«

»Können wir um halb sieben essen?«

»Ich hoffe.«

Sie aßen abends früh wegen Marianne, die um acht Uhr ins Bett gebracht wurde. Auch sie trug eine kleinkarierte blaue Schürze. Sie hatte vorn gerade zwei Milchzähne verloren, und die beiden Lücken verliehen ihr ein beinahe rührendes Aussehen. Einige Wochen lang hätte man sie gleichzeitig für ein Kind und für ein kleines altes Weiblein halten können.

»Kann ich mitkommen, Pap? Ich verspreche dir, keinen Lärm zu machen.«

Das Büro mit seinen grünen Ordnern und den Stößen von Prospekten in den weißen Holzregalen lag zur Straße hin, und Tony wartete ängstlich darauf, den 2 CV vorbeifahren zu sehen.

Daneben lag das Zimmer, das der Architekt als Aufenthaltsraum bezeichnet hatte, das größte Zimmer im Haus, es war als Eßzimmer und Salon gedacht.

Schon in der ersten Woche hatten sie gemerkt, daß es für Gisèle unpraktisch war, wenn sie mit den Tellern hin- und hergehen und vom Tisch aufstehen mußte, um nach den Kochtöpfen zu sehen, und so aßen sie schließlich in der Küche.

Sie war groß und freundlich. Im hinteren Teil wurde

Wäsche gewaschen und gebügelt. Alles war gut eingerichtet, bemerkenswert sauber und nie in Unordnung.

»Ihre Frau ist eine ausgezeichnete Hausfrau, sagten Sie?«

»Ja, Herr Richter.«

»Haben Sie sie deshalb geheiratet?«

»Als ich sie geheiratet habe, hab ich das nicht gewußt.«

Eigentlich gab es drei Stadien, wenn nicht sogar vier. Das erste in Saint-Justin in seinem Haus, als der Wachtmeister und dann der Inspektor der Gendarmerie ihn mit Fragen quälten, die er nicht verstand. Dann war die Reihe an Kommissar Mani in Poitiers, der Daten nannte, Uhrzeiten verglich, sein Kommen und Gehen rekonstruierte.

Seine Denkart interessierte sie nicht, vor allem nicht die Gendarmen, oder vielmehr wunderten sie sich nicht weiter, denn ihr Privatleben war dem seinen ziemlich ähnlich.

Beim Untersuchungsrichter Diem, dann beim Psychiater und auch bei seinem Anwalt sollte sich alles ändern. Wenn Tony etwa vor dem Untersuchungsrichter erscheinen mußte, kam er aus dem Gefängnis und aus dem Gefängnisauto, das ihn auch gleich wieder zurückbrachte, während der Richter zum Mittag- oder Abendessen nach Hause fuhr.

Diem verwirrte ihn am meisten, vielleicht weil sie fast gleichaltrig waren. Der Richter war ein Jahr jünger als er und hatte achtzehn Monate vor ihm geheiratet. Seine Frau hatte eben ihr erstes Kind geboren. Sein Vater hatte kein Vermögen und arbeitete als Abteilungsleiter bei der Sozialversicherung, und Diem hatte eine Stenotypistin geheiratet. Sie bewohnten ein bescheidenes Appartement mit drei Zimmern und Küche im Neubauviertel.

Hätten sie sich nicht eigentlich verstehen müssen?

»Wovor genau hatten Sie Angst an jenem Abend?«

Was sollte er antworten? Vor allem. Vor nichts Bestimmtem. Nicolas hatte nicht ohne schwerwiegenden Grund den Laden seiner Mutter anvertraut, um mit dem Zug wegzufahren. Er war nicht nach Triant gekommen, nur um sich auf der Terrasse des Hôtel des Voyageurs an einen Tisch zu setzen und Limonade zu trinken.

Als Tony gegangen war, lag Andrée immer noch nackt auf dem Bett im blauen Zimmer und machte keine Anstalten aufzustehen.

»Hielten Sie Nicolas für gewalttätig?«

»Nein.«

Trotzdem: Er war ein Kranker, der seit seiner Kindheit zurückgezogen lebte.

»Haben Sie sich in Triant gefragt, ob er bewaffnet war?«

Daran hatte er nicht gedacht.

»Fürchteten Sie für Ihre Ehe?«

Diem und er konnten sich nicht auf der gleichen Ebene treffen und Worte finden, die für beide dasselbe bedeuteten. Es blieb immer eine Kluft.

Er tat, als arbeitete er, hatte einen Stoß Rechnungen vor sich, einen Bleistift in der Hand und setzte ab und zu ein unnötiges Kreuz neben eine Ziffer, nur um den Schein zu wahren.

Seine Tochter saß zu seinen Füßen und spielte mit einem kleinen Auto, dem ein Rad fehlte. Er sah jenseits des Rasens und der weißen Leitplanke die etwa zwanzig Meter entfernte Straße, dann die Rückseite der unterhalb einer Wiese gelegenen Häuser des Dorfes, die Hinterhöfe und die kleinen Gärten, in denen die Dahlien blühten. Irgendwo leuchtete vor einer grauen Wand neben einer Tonne das Gelb einer riesigen Sonnenblume mit der schwarzen Scheibe in der Mitte.

Als er heimgekommen war, hatte er mechanisch auf den Wecker gesehen, es war Viertel vor sechs gewesen. Um zwanzig nach sechs kam Gisèle und fragte:

»Kann ich auftragen?«

»Vielleicht ein bißchen später. Ich möchte vor dem Essen fertig sein.«

»Ich habe Hunger, Pap!«

»Es dauert nicht lang, mein Kleines. Wenn ich später komme, kannst du dich mit Mama zu Tisch setzen.«

In diesem Moment überfiel ihn eine Panik, die er vorher, als er mit den Kleidern unter dem Arm in den zweiten Stock des Hotels geflohen war, nicht empfunden hatte. Eine physische Angst, ein Krampf in der Brust, ein plötzlicher fiebriger Zustand, der ihn zwang, aufzustehen und sich vor das Fenster zu stellen.

Als er sich eine Zigarette anzündete, zitterte seine Hand. Seine Knie wurden weich.

Ein Vorgefühl? Er sprach mit dem Psychiater darüber, oder vielmehr brachte ihn Professor Bigot dazu, darüber zu sprechen.

»Ist Ihnen das früher nie passiert?«

»Nein. Nicht einmal, als ich wie durch ein Wunder unverletzt einen Autounfall überstand. Und dabei hab ich nachher geweint, als ich ohne einen Kratzer in einem Feld saß.«

»Hatten Sie Angst vor Nicolas?«

»Er hat mich immer beeindruckt.«

»Schon in der Schule?«

Zum Glück erschien der 2 CV auf der Kuppe des Hügels, als der Uhrzeiger des Weckers noch nicht einmal ganz auf halb stand. Er fuhr am Haus vorbei, Andrée saß am Steuer, ihr Mann neben ihr, und weder sie noch er warfen einen Blick in seine Richtung.

»Wenn du willst, Gisèle.«

»Also zu Tisch. Wasch die Hände, Marianne.«

Sie begannen zu essen wie jeden Abend. Suppe, ein Schinkenomelett, Salat, Camembert, zum Nachtisch Aprikosen.

Unter den Fenstern lag der Gemüsegarten, den sie beide pflegten, seine Frau und er, und in dem Marianne stundenlang hockte und Unkraut ausriß.

Die Kletterbohnen hatten die Stangenspitzen erreicht. Hinter dem Drahtgeflecht des Hühnerhofs liefen etwa fünfzehn weiße Hühner herum, Leghorn-Hühner, und im Schatten eines Stalls sah man undeutlich die Kaninchen.

Der Tag ging scheinbar zu Ende wie jeder andere Sommertag. Lauwarme Luft strömte durch das offene Fenster herein und ab und zu eine frische Brise. Der Hufschmied, der dicke Didier, schlug noch auf seinen Amboß. Draußen war es still, die Natur bereitete sich langsam auf das Schweigen der Nacht vor.

Die Fragen von Professor Bigot kamen fast immer unerwartet:

»Hatten Sie seit jenem Abend das Gefühl, sie verloren zu haben?«

»Wen? Andrée?«

Er war überrascht, daran hatte er nicht gedacht.

»Sie erlebten seit elf Monaten das, was man ohne Übertreibung eine große Leidenschaft nennen kann...«

Dieses Wort war ihm nie in den Sinn gekommen. Er begehrte Andrée. Nach einigen Tagen ohne sie war er wie besessen von der Erinnerung an die stürmischen Nachmittage voll brennender Leidenschaft, die sie zusammen erlebt hatten, von der Erinnerung an ihren Geruch, ihre Brüste, ihren Leib, ihre Schamlosigkeit. Manchmal lag er stundenlang schlaflos neben Gisèle, überwältigt von phantastischen Träumereien.

»Was meinst du, wenn wir ins Kino gingen?«

»Welcher Tag ist heute?«

»Donnerstag.«

Gisèle wunderte sich ein wenig. Im allgemeinen gingen sie einmal in der Woche ins Kino, nach Triant, das nur zwölf Kilometer entfernt war.

An den übrigen Abenden arbeitete Tony in seinem Büro, während seine Frau Geschirr spülte und sich dann zu ihm setzte, um zu nähen oder Socken zu flicken. Manchmal unterbrachen sie ihre Arbeit, um einige Worte zu wechseln, meistens über Marianne, die im Oktober in die Schule kommen sollte.

Zuweilen setzten sie sich auch vor das Haus und sahen zu, wie es Nacht wurde, sie betrachteten die grauen und roten Dächer im Mondlicht und die dunkle Silhouette der Bäume, deren Blätter leise raschelten.

»Was wird gespielt?«

»Ein amerikanischer Film. Ich hab den Anschlag gesehen, aber ich erinnere mich nicht an den Titel.«

»Wenn du Lust hast. Ich sag den Molards Bescheid.«

Wenn sie abends weggingen, kamen eine oder beide Schwestern Molard, um auf Marianne aufzupassen. Die ältere, Léonore, war siebenunddreißig oder achtunddreißig, Marthe war etwas jünger. Eigentlich hatte aber weder die eine noch die andere ein Alter, und sie würden alte Jungfern werden, ohne daß man es merkte.

Alle beide hatten ein rundes Mondgesicht mit verschwommenen Zügen, und sie trugen die gleichen Kleider, die gleichen Mäntel, die gleichen Hüte, wie man es manchmal bei Zwillingen sieht.

Oft waren sie die einzigen in der Sieben-Uhr-Messe, in der sie jeden Morgen kommunizierten, und sie fehlten auch nie bei der Vesperandacht und beim Angelus. Sie halfen dem Abbé Louvette in der Kirche, schmückten die Altäre mit Blumen, kümmerten sich um den Friedhof, und sie wachten bei den Sterbenden und versorgten die Toten.

Sie waren Näherinnen, und wenn man an ihrem Haus vorbeiging, konnte man sie hinter dem Fenster, an dem eine dicke hellbraune Katze schlummerte, arbeiten sehen.

Marianne mochte sie nicht.

»Sie riechen nicht gut«, sagte sie.

Und sie verbreiteten auch wirklich einen eigenartigen Geruch nach Stoffladen und nach Kirche, und zudem nach muffigen Krankenzimmern.

»Sie sind häßlich!«

»Wenn sie nicht auf dich aufpassen würden, wärst du allein zu Hause.«

»Ich habe keine Angst.«

Gisèle lächelte mit dem ihr eigenen sehr leisen Lächeln,

das kaum ihre Lippen dehnte, so als würde sie sich bemühen, es für sich zu behalten.

»Sie sehen in dieser Eigenart ein Zeichen von Zurückhaltung.«

»Ja, Herr Richter.«

»Was verstehen Sie darunter? Die Fähigkeit, ein Geheimnis für sich zu behalten?«

Schon wieder Worte!

»Das ist es nicht, was ich meine. Sie wollte nicht auffallen. Sie hatte immer Angst, zu viel Raum einzunehmen, jemanden zu stören, um eine Gefälligkeit zu bitten.«

»War sie schon als junges Mädchen so?«

»Ich glaube schon. Wenn wir zum Beispiel aus dem Kino oder vom Tanzen gekommen sind, hätte sie nie zugegeben, daß sie Durst hat, um mir keine Ausgaben zu verursachen.«

»Hatte sie Freundinnen?«

»Nur eine, eine Nachbarin. Sie war älter als sie, und sie machte lange Spaziergänge mit ihr.«

»Was hat Sie an ihr angezogen?«

»Ich weiß nicht. Ich hab nicht drüber nachgedacht.«

»Kam sie Ihnen beruhigend vor?«

Tony starrte den Richter an und versuchte, ihn zu verstehen.

»Ich dachte, sie wäre...«

Er suchte das Wort vergebens.

»Eine gute Ehefrau?«

Es war nicht genau das, aber er sagte schließlich ja.

»Liebten Sie sie?«

Und als er schwieg:

»Hatten Sie Lust, mit ihr zu schlafen? Haben Sie es vor der Heirat getan?«

»Nein.«

»Sie begehrten sie nicht?«

Natürlich, da er sie ja geheiratet hatte.

»Und sie? Glauben Sie, daß sie Sie liebte oder daß sie nur an der Heirat als solcher interessiert war?«

»Ich weiß nicht. Ich glaube...«

Was hätte der Richter geantwortet, wenn er ihm diese Frage gestellt hätte? Sie führten eine gute Ehe, das war alles. Gisèle war sauber, fleißig, zurückhaltend, sie war am richtigen Platz in dem neuen Haus.

Abends freute er sich, nach Hause zu kommen. Vor Andrée hatte er keine wirklichen Abenteuer gehabt, wenn er auch hie und da eine Gelegenheit wahrgenommen hatte.

»Sie behaupten, der Gedanke an eine Scheidung sei Ihnen nie gekommen?«

»Das stimmt.«

»Auch nicht in den letzten Monaten?«

»Nicht einen Augenblick.«

»Trotzdem haben Sie zu Ihrer Geliebten gesagt...«

Hier wurde seine Stimme plötzlich lauter, er schlug sogar, ohne es zu merken, mit der Faust auf den Tisch des Untersuchungsrichters.

»Also hören Sie, ich hab nie was Bestimmtes gesagt! Sie hat geredet! Sie ist nackt auf dem Bett gelegen. Ich bin nackt vor dem Spiegel gestanden. Wir beide hatten gerade... Na, Sie wissen das so gut wie ich. In solchen Momenten kümmert man sich nicht um Worte. Ich hab kaum gehört, was sie gesagt hat. Eine ganze Weile habe ich einer Biene zugeschaut...« Das Bild der Biene war plötzlich vor ihm aufgetaucht; er hatte sogar die Läden ein wenig weiter aufgemacht, um sie hinauszulassen.

»Ich hab den Kopf geschüttelt, ich hab ein Ja oder Nein angedeutet und an was anderes gedacht.«

»Woran zum Beispiel?«

Es war einfach zu entmutigend. Er wollte schnell wieder in sein Abteil im Gefängniswagen zurück, wo man ihm keine Fragen stellte.

»Ich weiß es nicht.«

Gisèle war zu den Demoiselles Molard gelaufen, um ihnen Bescheid zu sagen, während er Marianne zu Bett brachte. Und wie jedesmal, wenn er sich mit Andrée in Triant getroffen hatte, hatte er eine Dusche genommen und die Wäsche gewechselt. Es gab drei Zimmer und ein Bad im ersten Stock.

»Wenn wir mehr Kinder haben, können wir die Jungen im einen Zimmer unterbringen und die Mädchen im andern«, hatte Gisèle gesagt, als damals die Pläne besprochen wurden.

Nach sechs Jahren war Marianne immer noch das einzige Kind. Das dritte Zimmer war nur einmal benutzt worden, als Gisèles Eltern ihre Ferien in Saint-Justin verbracht hatten.

Sie wohnten in Montsartois, sechs Kilometer von Poitiers. Germain Coutet war Bleiarbeiter und ein schwerfälliger Mann, von der Statur eines Gorillas, mit rotem Gesicht und tiefer Stimme, und seine Sätze begannen mit:

»Ich hab immer gesagt…«

»Ich meinerseits behaupte…«

Vom ersten Tag an war spürbar, daß er auf seinen Schwiegersohn neidisch war, auf das helle und schön eingerichtete Büro, auf die moderne Küche und vor allem auf den silberweißen Schuppen, wo die Landmaschinen standen.

»Ich bin nach wie vor der Meinung, ein Arbeiter sollte sich nicht selbständig machen…«

Er öffnete um acht Uhr morgens seine erste Flasche Rotwein und hörte den ganzen Tag nicht auf zu trinken. Man fand ihn in allen Bistros im Dorf, und schon von draußen hörte man seine dröhnende Stimme. Er war zwar nie richtig betrunken, aber je näher der Abend kam, desto resoluter, um nicht zu sagen aggressiver wurde er.

»Wer geht jeden Sonntag fischen? Du oder ich? Gut! Und dann! Wer hat drei Wochen bezahlten Urlaub? Und wer muß sich nicht mit Zahlen den Kopf zerbrechen, wenn der Tag um ist?«

Seine Frau war fett und träge, hatte einen vorstehenden Bauch und vermied es, ihm zu widersprechen. Erklärte das den zurückhaltenden Charakter von Gisèle?

Gegen Ende ihres Aufenthalts hatte es Streitereien gegeben, und die Coutets kamen in den Ferien nie wieder nach Saint-Justin.

Gisèle hatte den Schwestern Molard Bescheid gesagt und noch Zeit gefunden, das Geschirr wegzuräumen und sich umzuziehen. Es gab keinen Wirbel um sie, sie machte nie den Eindruck, sich zu beeilen, und ihre Arbeit erledigte sich wie von Zauberhand.

Marianne bekam einen letzten Gutenachtkuß im warmen Dämmerlicht ihres Zimmers. Die Demoiselles Molard waren unten bereits über ihre Näharbeit gebeugt.

»Viel Vergnügen.«

Das alles war so vertraut. Man lebte, ohne sich Rechenschaft darüber abzulegen, so oft hatte sich die Szene schon wiederholt.

Der Motor sprang an. Sie saßen vorne im Lieferwagen nebeneinander und ließen das Dorf hinter sich, wo jemand spät noch den Garten umgrub, während die meisten auf einem Stuhl vor ihrem Haus saßen und schweigend die frische Abendluft genossen. Einige hörten Radio, es ertönte hinter ihnen aus einem leeren Zimmer.

Sie fuhren erst schweigend dahin, jeder hing seinen Gedanken nach.

»Sag mal, Tony ...«

Mit beklommenem Herzen fragte er sich, was folgen würde, da sie nicht gleich weitersprach.

»Findest du nicht auch, daß Marianne seit einiger Zeit ein bißchen blaß aussieht?«

Ihre Tochter war immer mager gewesen, sie hatte lange Arme und Beine und nie Farbe im Gesicht.

»Ich hab grade mit Doktor Riquet darüber gesprochen, ich hab ihn getroffen, als ich aus dem Lebensmittelgeschäft kam ...«

Hatte sie sich nicht gewundert, daß Nicolas nicht da war und sich von seiner Mutter hinter dem Ladentisch vertreten ließ? Hatte sie sich keine Fragen gestellt?

»Er sagt, wir hätten hier zwar gute Luft, aber die Kinder brauchten Abwechslung. Er rät uns, mit ihr ans Meer zu fahren, sobald es uns möglich ist, nächstes Jahr vielleicht.«

Er staunte selbst über seinen plötzlichen Entschluß.

»Warum nicht dieses Jahr?« antwortete er sofort.

Sie wagte gar nicht, daran zu glauben. Seitdem sie nach Saint-Justin gezogen waren, hatten sie sich keine Ferien gegönnt, denn im Sommer gab es für Tony immer am meisten zu tun. Das Grundstück hatten sie von ihren Ersparnissen gekauft, aber das Haus und den Schuppen mußten sie noch einige Jahre lang abbezahlen.

»Du glaubst, es geht?«

Ein einziges Mal, im ersten Jahr ihrer Ehe, als sie noch in Poitiers wohnten, hatten sie zwei Wochen in Les Sables-d'Olonne verbracht. Sie hatten bei einer alten Frau ein möbliertes Zimmer gemietet, und Gisèle hatte die Mahlzeiten auf einem Spirituskocher zubereitet.

»Wir haben schon August. Ich fürchte, es ist nichts mehr frei.«

»Wir gehen ins Hotel. Erinnerst du dich an das Hotel ganz am Ende des Strandes, kurz vor dem Kiefernwald?«

»Les Roches Grises... Nein! Les Roches Noires!«

Sie hatten dort eines Abends eine riesige Seezunge gegessen, um Gisèles Geburtstag zu feiern, und sie war vom Muscadet ein wenig beschwipst gewesen.

Tony war froh über seinen Entschluß. Auf diese Weise brach er den Kontakt zu Andrée und Nicolas für eine Weile ab.

»Wann willst du ...«

»Ich sag's dir bald.«

Er mußte sich noch mit seinem Bruder unterhalten, bevor er ein Datum festsetzen und ganz sicher sein konnte, daß sie abreisen würden. Er ging eigentlich mit seiner Frau ins Kino, weil er Vincent sehen wollte. Er fuhr, ohne anzuhalten, am Hôtel des Voyageurs vorbei und bog in die Rue Gambetta ein, wo er ein paar Meter vom Olympia entfernt einen Parkplatz fand. Auf den Gehsteigen konnte man die Pariser und die Einheimischen an der Art unterscheiden, wie sie angezogen waren, wie sie gingen und die beleuchteten Schaufenster betrachteten.

Sie nahmen immer dieselben Plätze auf dem Balkon. In der Pause, nach der Wochenschau, dem Dokumentarfilm und einem Zeichentrickfilm, schlug er vor:

»Gehen wir bei Vincent ein Bier trinken?«

Die Tische auf der Terrasse waren fast alle besetzt. Françoise fand einen für sie, der frei war, und wischte ihn mit dem Tuch ab, das sie in der Hand hatte.

»Zwei Bier, Françoise. Ist mein Bruder da?«

»An der Theke, Monsieur Tony.«

Im Café, wo das Licht gelb wirkte, saßen Männer und spielten Karten, Stammgäste, die Tony schon hundertmal in derselben Ecke gesehen hatte, genau wie jene anderen Gäste, die zusahen und das Spiel kommentierten.

»Na?«

Sein Bruder antwortete auf italienisch. Das kam selten vor, denn sie waren in Frankreich geboren und hatten diese Sprache nur mit ihrer Mutter gesprochen, der es nie gelungen war, Französisch zu lernen.

»Ich weiß nicht genau, was passiert ist. Ich hab den Eindruck, es ist alles in Ordnung. Er ist auf der Terrasse gesessen...«

»Ich weiß, ich hab ihn von oben gesehen.«

»Zehn Minuten nachdem du weg warst, ist sie heruntergekommen, ganz fröhlich, als ob nichts gewesen wäre. Sie ist durchs Café gegangen und hat mir zugerufen:

›Bedanken Sie sich in meinem Namen bei Ihrer Frau, Vincent.‹

Sie sprach laut genug, daß ihr Mann sie hören konnte. Dann ging sie gleich hinaus, die Tasche in der Hand. Als sie um die Ecke Rue Gambetta bog, schien sie plötzlich Nicolas zu bemerken.

›Du! Was machst du denn hier?‹

Sie hat sich zu ihm gesetzt, den Rest ihrer Unterhaltung hab ich nicht gehört.«

»Sah es so aus, als ob sie sich stritten?«

»Nein. Einmal hat sie die Handtasche aufgemacht und sich in aller Ruhe gepudert und die Lippen geschminkt.«

»Wie war er?«

»Das ist schwer zu sagen bei ihm. Hast du ihn schon mal lachen sehen? Meiner Meinung nach hat sie sich aus der Affäre gezogen, aber wenn ich an deiner Stelle wäre... Ist Gisèle da?«

»Auf der Terrasse.«

Vincent ging sie begrüßen. Die Luft war mild, der Himmel klar. Ein Schnellzug brauste durch den Bahnhof, ohne anzuhalten oder seine Fahrt zu verlangsamen. In der Rue Gambetta legte Gisèle die Hand auf den Arm ihres Mannes, wie es ihre Gewohnheit war, wenn sie spazierengingen.

»Ist dein Bruder mit dem Geschäft zufrieden?«

»Die Saison läuft gut. Es kommen jedes Jahr mehr Touristen.«

Vincent hatte die Liegenschaft nicht ablösen müssen, sondern nur das Geschäftskapital, denn der Besitzer, der das Hotel vor ihm geführt und sich nach La Ciotat zurückgezogen hatte, wollte nicht verkaufen.

Gemessen daran, wie sie angefangen hatten, hatten sich die Brüder gut durchgeschlagen und es ganz schön weit gebracht.

»Hast du Lucia gesehen?«

»Nein. Sie war wohl in der Küche. Ich hab keine Zeit gehabt, sie zu begrüßen.«

Er verspürte eine undefinierbare Verlegenheit, und nicht zum ersten Mal. Gisèle wußte, daß er nachmittags in Triant gewesen war, aber sie fragte nicht, ob er bei seinem Bruder vorbeigegangen war.

Manchmal hätte er es vorgezogen, wenn sie Fragen gestellt hätte, auch wenn sie peinlich gewesen wären. Interessierte sie sich wirklich nicht für sein Leben außerhalb des Hauses, nachdem sie doch am Monatsende immer bei der Buchführung half und also über seine Geschäfte Bescheid wußte?

Hatte sie einen Verdacht, den sie lieber für sich behielt?

Sie beschleunigten ihre Schritte, denn sie hörten es im Kino läuten, und einige Zuschauer kamen eilig aus der kleinen Bar nebenan.

Erst auf dem Heimweg im dunklen Auto, in dessen Scheinwerferlicht die Landschaft wie im Film schwarz und weiß vorbeizog, sagte er auf einmal:

»Heute ist Donnerstag.«

Schon dieses Wort ließ ihn erröten. Beschwor es nicht das blaue Zimmer herauf, den üppigen Körper Andrées, ihre gespreizten Schenkel, die dunkle Scham, aus der langsam sein Samen rann?

»Wir könnten am Samstag fahren. Morgen rufe ich Les Roches Noires an. Wenn sie zwei freie Zimmer haben oder auch nur eins, in das man ein kleines Bett für Marianne stellen könnte...«

»Kannst du denn deine Geschäfte liegenlassen?«

»Notfalls komm ich ein- oder zweimal auf einen Sprung hierher.«

Er fühlte sich erleichtert, denn er dachte nur an die Gefahr, der er entkommen war.

»Wir bleiben zwei Wochen dort und faulenzen alle drei am Strand.«

Mit einem Mal strömte er über vor Zärtlichkeit für seine Tochter und machte sich Vorwürfe, daß er ihre Blässe nicht bemerkt hatte. Auch seiner Frau gegenüber war er im Unrecht, aber mehr theoretisch. Er wäre zum Beispiel nicht fähig gewesen, den Wagen am Straßenrand anzuhalten, Gisèle in die Arme zu nehmen, sein Gesicht an das ihre zu drücken und zu flüstern:

»Ich liebe dich, weißt du!«

Und doch ging ihm der Gedanke durch den Kopf. Das war schon oft vorgekommen. Und er hatte es nie getan. Wovor schämte er sich? Hätte er nicht ausgesehen wie ein Schuldiger, der um Verzeihung bittet?

Er brauchte sie. Auch Marianne brauchte ihre Mutter. Und er hatte sie alle beide verleugnet, als Andrée ihm ihre Fragen gestellt hatte. Gewiß, er hatte ihr nur mit halbem Ohr zugehört, während er sich mit dem feuchten Tuch die Lippe abtupfte. Aber sie kamen ihm trotzdem mit peinlicher Klarheit in den Sinn, und fast spürte er sogar das lastende Schweigen wieder.

»Du hast einen schönen Rücken.«

Es war lächerlich. Gisèle wäre nie auf die Idee gekommen, sich für seinen Rücken oder seine Brustmuskulatur zu begeistern.

»Liebst du mich, Tony?«

In dem heißen Zimmer, in dem es nach Liebe roch, hatte das natürlich geklungen, jetzt aber, in der Stille der Nacht, in der der Motor brummte, wurden diese Worte, der Tonfall unwirklich. Er hatte es für klug gehalten, obenhin zu antworten:

»Ich glaub schon.«

»Du bist nicht sicher?«

Glaubte er, es sei ein Spiel? Wußte er nicht, daß es für sie durchaus keines war?

»Könntest du dein ganzes Leben mit mir verbringen?«

Diese Frage hatte sie im Verlauf von einigen Minuten zweimal gestellt. Hatte er sie nicht während ihrer früheren Begegnungen in diesem Zimmer schon gehört?

Er hatte geantwortet:

»Sicher!«

Sein Kopf und sein Körper waren leicht, er jonglierte mit den Worten. Sie spürte deutlich, daß sie ihm nicht voll bewußt waren, und beharrte darauf:

»Bist du so sicher? Hättest du nicht Angst?«

Wie einfältig war er gewesen, mit schelmischem Blick zu antworten:

»Angst wovor?«

Der ganze Dialog fiel ihm Wort für Wort wieder ein:

»Kannst du dir vorstellen, wie wir die Tage verbringen würden?«

Sie hatte nicht Nächte gesagt, sondern Tage, als wäre es ihre Absicht, die ganze Zeit im Bett zu verbringen.

»Mit der Zeit würden wir uns daran gewöhnen.«

»Woran?«

»An uns beide.«

Und nun saß Gisèle neben ihm im Dunkeln und betrachtete dasselbe Stück Straße, dieselben Bäume, dieselben Pfosten, die aus der Dunkelheit auftauchten, um sich gleich darauf wieder in nichts aufzulösen. Er hätte gern ihre Hand genommen und wagte es nicht.

Eines Tages würde er das Professor Bigot gestehen, der ihn lieber in der Zelle besuchte als auf der Krankenstation des Gefängnisses. Obwohl ihm der Wärter einen Stuhl brachte, setzte er sich auf den Bettrand.

»Wenn ich recht verstehe, liebten Sie Ihre Frau?«

Tony hob die Hände und sagte unbeholfen: »Ja.«

»Sie konnten nur keinen Kontakt zu ihr finden...«

Er hätte niemals vermutet, daß das Leben so kompliziert sein könnte. Was verstand der Psychiater genau unter Kontakt? Sie lebten doch wie alle Ehepaare, oder nicht?

»Warum haben Sie nach Marianne keine Kinder mehr bekommen?«

»Ich weiß nicht.«

»Wollten Sie keine mehr?«

Im Gegenteil! Er hätte gern sechs gehabt, zwölf, das ganze Haus voller Kinder, wie in Italien. Gisèle sprach von drei, zwei Jungen und einem Mädchen, und sie hatten nichts unternommen, um es zu verhindern.

»Hatten Sie häufig sexuellen Kontakt mit Ihrer Frau?«

»Vor allem am Anfang.«

Er war offen und versuchte nichts zu verbergen, was immer es auch war. Das Spiel nahm ihn gefangen, und er versuchte ebenso hartnäckig zu verstehen wie seine verschiedenen Gesprächspartner.

»Während ihrer Schwangerschaft hat es natürlich eine Zeit gegeben ...«

»War es zu dieser Zeit, daß Sie sich angewöhnten, andere Frauen aufzusuchen?«

»Das hätt ich auf jeden Fall getan.«

»Ist es ein Bedürfnis?«

»Ich weiß nicht. Alle Männer sind so, oder nicht?«

Professor Bigot war etwa fünfzig Jahre alt, er hatte einen erwachsenen Sohn, der in Paris studierte, und eine Tochter, die kürzlich einen Hämatologen geheiratet hatte, dem sie bei den Laborarbeiten half.

Der Psychiater war nicht sehr gepflegt, er trug weite, abgenutzte Kleider mit oft losen Knöpfen, und er schneuzte sich ständig, als ob er von einem nie endenden Schnupfen befallen wäre.

Wie sollte er ihm die nächtliche Heimfahrt verständlich machen? Es hatte sich nichts Bemerkenswertes ereignet.

Gisèle und er hatten nicht mehr als zwanzig Sätze gesprochen. Er war zu diesem Zeitpunkt davon überzeugt gewesen, daß sie nichts wußte, nichts von der Szene am Nachmittag auf jeden Fall und wahrscheinlich auch nichts von seinem Verhältnis mit Andrée, auch wenn sie von einigen anderen Abenteuern Wind bekommen hatte.

Indessen hatte er sich ihr gerade während dieser zwölf

Kilometer langen Fahrt am nächsten gefühlt, am engsten mit ihr verbunden. Beinahe hätte er gesagt:

»Ich brauch dich, Gisèle.«

Er brauchte das Gefühl, daß sie bei ihm war. Er brauchte ihr Vertrauen.

»Wenn ich daran denke, wie viele Jahre ich deinetwegen verloren habe.«

Das war nicht die Stimme seiner Frau, sondern die ein wenig heisere Stimme Andrées, die aus der Tiefe ihrer schwer atmenden Brust kam. Sie warf ihm vor, daß er mit sechzehn Jahren weggegangen war, daß er das Dorf verlassen hatte, um anderswo einen Beruf zu erlernen.

Er war nach Paris gegangen und hatte bis zum Militärdienst in einer Autowerkstatt gearbeitet. Sie hatte ihn nicht beschäftigt. Für ihn war sie ein zu großes Mädchen, das im Schloß wohnte und dessen Vater ein Held des Vaterlandes war. Ein hochmütiges, kaltes Mädchen. Eine Statue.

»Warum lachst du?«

Denn er lachte im Auto, oder vielmehr, er verzog den Mund zu einem Grinsen.

»Ich hab an den Film gedacht.«

»Hast du ihn gut gefunden?«

»Wie alle Filme.«

Eine Statue, die bemerkenswert lebendig geworden war und ihn fragte, während sie in die Ferne blickte:

»Sag, Tony? Wenn ich frei wäre?«

Alle wußten, daß Nicolas krank war und nicht alt werden würde, aber deswegen von ihm beinahe schon in der Vergangenheit zu sprechen! Er hatte getan, als hätte er nichts gehört.

»Würdest du dich auch frei machen?«

Die Lokomotive hatte schrill gepfiffen.

»Was hast du gesagt?«

»Ich frag dich, ob du in dem Fall…«

Was hätte er geantwortet, wenn er nicht in der Menge, die aus dem Bahnhof strömte und über den Platz kam, Nicolas erkannt hätte?

In ihrem Haus brannte Licht im Erdgeschoß. Die Schwestern Molard, die sich genau nach der Uhr richteten, hatten sicher ihre Näharbeiten zusammengepackt und waren bereit zum Aufbruch, denn sie gingen gewöhnlich um neun Uhr schlafen, manchmal früher.

»Ich stell den Wagen rein.«

Sie stieg aus, ging um das Haus herum und betrat es durch die Küche, während er den Lieferwagen in den silberweißen Schuppen fuhr, neben die gelb und feuerrot lackierten Riesenmaschinen.

Als er zum Haus kam, traten die beiden Schwestern aus der Haustür.

»Gute Nacht, Tony.«

»Gute Nacht.«

Gisèle blickte sich um und vergewisserte sich, daß nichts unordentlich herumlag.

»Willst du noch was trinken? Hast du Hunger?«

»Nein danke.«

Später würde er sich fragen, ob sie in jenem Augenblick nicht eine Geste oder ein Wort von ihm erwartet hätte. Hatte sie nicht das Gefühl gehabt, daß etwas Drohendes auf ihnen lastete?

Wenn sie aus dem Kino kamen, ging sie gewöhnlich

sofort in den ersten Stock, um an Mariannes Tür zu horchen.

»Ich weiß, es ist albern«, hatte sie eines Abends zugegeben. »Es passiert mir nur, wenn ich nicht daheim bin. Wenn ich hier bin, habe ich das Gefühl, daß ich sie beschütze.«

Sie hatte sich korrigiert:

»Daß wir sie beschützen. Wenn ich weg bin, kommt sie mir so verwundbar vor!«

Und sie beugte sich ängstlich über ihre Tochter, bis sie ihren regelmäßigen Atem hörte.

Er wußte nichts zu sagen. Wie jeden Abend zogen sie sich voreinander aus. Gisèle hatte seit ihrer Schwangerschaft rundere Hüften bekommen, aber der übrige Körper war mager geblieben, und ihre blassen Brüste hingen herab.

Wie den anderen begreiflich machen, daß er sie liebte, da er es doch an jenem Abend, als er das Bedürfnis hatte, sein Herz auszuschütten, nicht einmal ihr begreiflich machen konnte?

»Gute Nacht, Tony.«

»Gute Nacht, Gisèle.«

Sie pflegte die Nachttischlampe auszuknipsen, die sich auf ihrer Seite befand, denn sie stand als erste auf, und im Winter war es dann noch dunkel.

Zögerte sie einen Augenblick, bevor sie auf den Schalter drückte? Er hielt den Atem an.

Klick!

3

Er war kein nervöser Mensch. In Poitiers machten sie etliche Tests mit ihm, um es herauszufinden, erst der Gefängnisarzt, dann der Psychiater und schließlich die seltsame Frau mit den Zigeuneraugen, die Doktorin der Psychologie, die er manchmal komisch und manchmal beängstigend fand.

Sie wunderten sich eher über seine Ruhe oder warfen sie ihm sogar vor, und in der Hauptverhandlung bezeichnete jemand, der Oberstaatsanwalt oder der Nebenkläger, diese Ruhe als zynisch und aggressiv. Es stimmte, daß er sich im allgemeinen zu beherrschen wußte und eher geneigt war, die Ereignisse auf sich zukommen zu lassen und auf der Hut zu sein als sich vorzudrängen.

Waren die zwei Wochen in Les Sables-d'Olonne keine glücklichen Wochen gewesen? Glücklich und ein wenig traurig, mit plötzlichen Anfällen von Angst, die seiner Frau und auch seiner Tochter nicht immer entgingen.

Sie verbrachten ihre Tage wie die meisten Sommergäste, sie frühstückten auf der Terrasse, Marianne bereits in ihrem roten Badeanzug, und um neun gingen alle drei zum Strand, wo sie bald so etwas wie einen reservierten Platz hatten.

Zwei Tage hatten genügt, um Gewohnheiten und Rituale

einzuführen, um die Nachbarn im Speisesaal des Roches Noires kennenzulernen, um dem alten Herrn und der alten Dame am Tisch gegenüber zuzulächeln, die Marianne ihre Zuneigung bezeigten. Der Bart des Mannes faszinierte Marianne.

»Wenn er den Kopf noch ein bißchen tiefer hält, wird er den Bart in die Suppe tauchen.«

Sie beobachtete ihn jeden Abend und war überzeugt, daß es eines Tages passieren würde.

Es waren immer dieselben Leute, die sich am Morgen und am Nachmittag unter den Sonnenschirmen um sie herum einfanden, die blonde Dame, die sich lange mit Sonnenöl einrieb und den ganzen Tag las, auf dem Bauch liegend, die Träger ihres Badeanzugs heruntergelassen, die ungezogenen Kinder der Pariser, die Marianne die Zunge herausstreckten und sie im Wasser boxten…

Gisèle, etwas ratlos, weil sie nichts zu tun hatte, strickte einen himmelblauen Pullover, den ihre Tochter am ersten Schultag tragen sollte; ihre Lippen bewegten sich, wenn sie die Maschen zählte.

Waren die Ferien in Les Sables wirklich eine gute Idee gewesen? Er spielte mit Marianne und brachte ihr das Schwimmen bei, bis zum Bauch im Wasser stehend und mit der Hand ihr Kinn haltend. Er versuchte es auch seiner Frau beizubringen, aber sobald sie den Boden unter den Füßen verlor, geriet sie in Panik, sie schlug mit den Armen um sich und klammerte sich an ihn. Als sie einmal unverhofft von einer Welle erfaßt wurde, warf sie ihm einen Blick zu, in dem er Angst zu lesen glaubte. Nicht Angst vor dem Meer. Angst vor ihm.

Er gab sich stundenlang ruhig und entspannt, spielte mit dem Wasserball und ging mit Marianne bis zum Ende der Mole. Sie spazierten alle zusammen in den engen Straßen der Stadt umher, besichtigten die Kathedrale, fotografierten die Fischerboote im Hafen und die Einwohnerinnen von Les Sables in ihren Faltenröcken und ihren lackierten Holzschuhen bei der Fischversteigerung.

Es waren ungefähr zehntausend, die dasselbe Leben führten. Wenn ein Sturm losbrach, packten sie ihre Sachen zusammen, um sich in die Hotels und Cafés zu flüchten.

Warum war er zeitweilig wie abwesend? Machte er sich Vorwürfe, daß er nicht in Saint-Justin war, wo Andrée ihm vielleicht vergeblich das Zeichen gab?

»Was dieses Zeichen betrifft, Monsieur Falcone...«

Nach einigen Wochen Verhör in Poitiers brachte er die Fragen des Richters Diem und die des Psychiaters durcheinander. Sie sagten manchmal dasselbe mit verschiedenen Worten, nur in einem anderen Zusammenhang. Sprachen sie sich miteinander ab zwischen den Verhören, hofften sie, daß er sich schließlich in Widersprüche verstricken würde?

»Wann haben Sie dieses Zeichen vereinbart, Ihre Geliebte und Sie?«

»Am ersten Abend.«

»Sie meinen im September, am Straßenrand?«

»Ja.«

»Wer kam auf die Idee?«

»Sie. Ich habe es Ihnen schon erzählt. Sie wollte, daß wir uns woanders treffen als am Waldrand, und sie hat gleich an das Hotel meines Bruders gedacht.«

»Und an das Handtuch?«

»Sie hat zuerst vorgeschlagen, einen bestimmten Artikel in eine der Schaufensterecken zu stellen.«

Es gab zwei Schaufenster, voll mit Lebensmitteln, Baumwollsachen, Schürzen, Überschuhen. Der Laden der Despierres lag an der Hauptstraße, gleich bei der Kirche, und man konnte nicht durch das Dorf gehen, ohne daran vorbeizukommen.

Drinnen war es dunkel, beide Ladentische waren mit Waren überfüllt, es gab Fässer und Kisten entlang den Wänden, Regale voller Konserven und Flaschen, Drillichhosen, Weidenkörbe und Schinken, die von der Decke hingen.

Von allen Gerüchen aus seiner Kindheit war der dort herrschende Geruch der eindringlichste, der typischste, wobei die Petroleumfässer am stärksten rochen. Die abgelegenen Weiler und Bauernhöfe hatten nämlich noch kein elektrisches Licht.

»Welchen Artikel?«

»Es war von einem Paket Stärke die Rede. Dann hat sie aber befürchtet, daß ihr Mann es ohne ihr Wissen an einen andern Ort stellt, während sie in der Küche beschäftigt ist.«

Wie konnten sie nur hoffen, in einigen Wochen, ja selbst in einigen Monaten mit einem täglichen Verhör von zwei bis drei Stunden alles über ein Leben zu erfahren, das ihnen so fremd war? Nicht nur sein Leben und das von Gisèle, auch das Leben von Andrée, von Madame Despierre, von Madame Formier, das Leben im Dorf, die Fahrten zwischen Saint-Justin und Triant. Allein um das blaue Zimmer zu verstehen, müßte man …

»Zuletzt hat sie dann beschlossen, an den Donnerstagen, an denen sie mich im Hotel treffen konnte, ein Handtuch zum Trocknen auf den Sims ihres Fensters zu legen.«

Das Fenster ihres Schlafzimmers, von Nicolas und ihr! Denn sie schliefen im selben Zimmer. Es war eines der drei schmalen Fenster über dem Laden, durch das man im Dunkeln auf der ockerfarbenen Wand eine Lithographie mit schwarz-goldenem Rahmen sehen konnte.

»Also jeden Donnerstagmorgen...«

»Bin ich an ihrem Haus vorbeigefahren.«

Wer weiß, ob Andrée, während er in der Badehose am Strand lag, ihn nicht um Hilfe rief, ob das Handtuch nicht dauernd am Fenster hing? Gewiß, er hatte die beiden im 2 CV von Triant heimfahren sehen, aber er wußte ja nicht, was bei ihnen vorging.

»Ich frage mich, Monsieur Falcone, ob Sie, als Sie Ihrer Frau diese Ferien vorschlugen...«

»Sie hatte von Mariannes blassem Aussehen gesprochen.«

»Ich weiß. Und Sie haben die Gelegenheit ergriffen. Eine Gelegenheit vielleicht, sie zu beruhigen, den guten Ehemann, den guten Familienvater zu spielen, um ihren Verdacht zu zerstreuen. Was halten Sie von dieser Erklärung?«

»Sie ist falsch.«

»Sie behaupten immer noch, daß Sie sich von Ihrer Geliebten trennen wollten?«

Er verabscheute dieses Wort, aber er mußte es nun einmal ertragen.

»Mehr oder weniger.«

»Hatten Sie schon beschlossen, sie nie wiederzusehen?«

»Ich hatte keinen bestimmten Plan.«

»Haben Sie sie in den darauffolgenden Monaten wiedergesehen?«

»Nein.«

»Hat sie Ihnen das Zeichen nicht mehr gegeben?«

»Ich weiß es nicht, ich habe es von da an vermieden, am Donnerstagmorgen an ihrem Haus vorbeizufahren.«

»Und das einzig und allein deswegen, weil Sie eines Nachmittags sahen, wie ihr Mann aus dem Bahnhof kam und sich auf die Hotelterrasse setzte, um eine Limonade zu trinken? Sie haben behauptet, sie sei die einzige Frau, mit der Sie vollkommene körperliche Befriedigung erlebten. Wenn ich mich recht erinnere, haben Sie von einer wahren Offenbarung gesprochen...«

Das stimmte, auch wenn er dieses Wort nicht gebraucht hatte. In Les Sables-d'Olonne kam es vor, daß er sich an das blaue Zimmer erinnerte, ohne es zu wollen, und dann preßte er vor Verlangen die Zähne zusammen. Ein anderes Mal konnte er grundlos ungeduldig sein, fuhr Marianne wegen nichts und wieder nichts an, oder sein Blick wurde abwesend und hart. Gisèle wechselte dann einen Blick mit ihrer Tochter, die Mutter schien zu ihrem Kind zu sagen:

»Achte nicht darauf. Dein Vater hat Sorgen.«

Waren sie dann nicht wieder verwirrt, wenn sie ihn einen Augenblick später übertrieben sanft, geduldig und liebevoll erlebten?

»Sind Sie ehrgeizig, Monsieur Falcone?«

Er mußte überlegen, denn er hatte sich diese Frage nie gestellt. Gab es wirklich Leute, die das Leben damit verbrachten, sich in einem Spiegel zu betrachten und sich über sich selbst Fragen zu stellen?

»Das hängt davon ab, was Sie drunter verstehen. Mit zwölf hab ich nach der Schule und in den Ferien gearbeitet, um mir ein Fahrrad kaufen zu können. Später hab ich von einem Motorrad geträumt und bin nach Paris gegangen. Als ich Gisèle geheiratet habe, ist mir der Gedanke gekommen, mich selbständig zu machen. Wir haben in Poitiers Landmaschinen zusammengebaut, deren Einzelteile wir aus Amerika erhielten, und ich hab gut verdient.«

»Auch Ihr Bruder hat sich selbständig gemacht, nachdem er sich in mehreren Berufen versucht hatte.«

Was für ein Zusammenhang bestand zwischen den beiden Laufbahnen?

Professor Bigot sprach, nicht der Richter Diem. Er sprach langsam, als würde er laut denken.

»Ich überlege, ob die Tatsache, daß Sie beide italienischer Herkunft sind, beide Ausländer in einem französischen Dorf... Man hat mir gesagt, Ihr Vater sei Maurer?«

Der Richter hatte den alten Falcone in seinem Häuschen in La Boisselle aufgesucht und einen ganzen Nachmittag lang verhört.

»Was wissen Sie über Ihren Vater?«

»Er stammt aus einem sehr armen Dorf im Piemont, aus Larina, dreißig Kilometer von Vercelli. Die gebirgige Gegend kann nicht alle ernähren, die meisten jungen Männer wandern aus, und mit vierzehn oder fünfzehn hat mein Vater es den andern gleichgetan. Er ist mit einer Gruppe Arbeiter nach Frankreich gekommen, die in der Gegend von Limoges einen Tunnel bohrte, ich weiß nicht welchen.

Dann ist er weitergezogen und hat andere Tunnels gebohrt...«

Es war schwierig, über Angelo Falcone etwas zu sagen. In Saint-Justin nannten ihn alle den alten Angelo, denn er war nicht wie die anderen.

»Er ist viel in Frankreich herumgereist, von Norden nach Süden und von Osten nach Westen, bis er sich schließlich in La Boisselle niedergelassen hat.«

In Tonys Erinnerung war das ein merkwürdiger Ort. Früher war das zweieinhalb Kilometer von Saint-Justin entfernte La Boisselle ein Kloster gewesen, das mit den Steinen einer einst an dieser Stelle gelegenen Burg erbaut worden war. Man konnte noch die von Unkraut überwucherten Reste der alten Mauern sehen und die Gräben mit Brackwasser, in denen er Frösche gefangen hatte.

Die Mönche hatten zweifellos Landwirtschaft betrieben, denn um den großen Hof standen noch Gebäude aller Art, Ställe, Werkstätten, Lagerräume.

Die Coutants bewohnten den größten Teil davon und besaßen ein Dutzend Kühe, Schafe, zwei Zugpferde und einen alten Ziegenbock, der Tabak kaute. Sie vermieteten die Gebäude, die sie nicht brauchten und die noch bewohnbar waren.

Das Ganze bildete eine kleine, bunt zusammengewürfelte Kolonie, zu der außer den Falcones noch eine tschechische Familie und Leute aus dem Elsaß mit ihren acht Kindern gehörten.

»Ihr Vater war nicht mehr ganz jung, als Sie geboren wurden.«

»Er war dreiundvierzig oder vierundvierzig Jahre alt, als

er in sein Dorf im Piemont zurückkehrte und von dort meine Mutter mitbrachte.«

»Wenn ich recht verstehe, fand er es an der Zeit zu heiraten und kehrte in seine Heimat zurück, um sich eine Frau zu suchen?«

»Ich denke, so wird es gewesen sein.«

Der Mädchenname seiner Mutter war Maria Passaris, und als sie nach Frankreich kam, war sie zweiundzwanzig Jahre alt.

»Führten sie eine gute Ehe?«

»Ich habe nie einen Streit gehört.«

»Ihr Vater übte weiterhin seinen Beruf als Maurer aus?«

»Er hatte keinen anderen, und er hat nie dran gedacht, ihn zu wechseln.«

»Sie wurden zuerst geboren und drei Jahre später Ihr Bruder Vincent.«

»Und dann meine Schwester Angelina.«

»Sie wohnt in Saint-Justin?«

»Sie ist gestorben.«

»Als Kind?«

»Mit sechs Monaten. Meine Mutter war nach Triant gefahren, ich weiß nicht warum. Bevor sie nach Frankreich kam, war sie nie aus ihrem Dorf herausgekommen. Hier, in einem Land, dessen Sprache sie nicht kannte, verließ sie das Haus nur selten. An jenem Tag in Triant hat sie sich wahrscheinlich in der Wagentür geirrt und ist auf der falschen Seite aus dem Zug gestiegen. Sie ist mit dem Kind im Arm von einem Schnellzug überfahren worden.«

»Wie alt waren Sie damals?«

»Sieben. Mein Bruder war vier.«

»Ihr Vater hat Sie aufgezogen?«

»Ja. Wenn er von der Arbeit heimkam, hat er gekocht und den Haushalt gemacht. Ich hab ihn vorher nicht gut genug gekannt, um zu wissen, ob der Unfall ihn verändert hat.«

»Was wollen Sie damit sagen?«

»Das wissen Sie genau. Haben Sie ihn nicht verhört?«

Tony wurde aggressiv.

»Doch.«

»Was halten Sie von ihm? Haben die Leute recht? Ist mein Vater nicht ganz richtig im Kopf?«

Bigot wurde verlegen und beschränkte sich darauf, mit einer vagen Geste zu antworten.

»Ich weiß nicht, ob Sie etwas aus ihm herausgebracht haben. Mein Bruder und ich haben ihn jahrelang nicht sprechen hören, außer wenn es unbedingt nötig war. Er ist jetzt achtundsiebzig und lebt allein in dem Haus, in dem wir geboren sind. Er macht immer noch ab und zu kleine Maurerarbeiten.

Er weigert sich, bei mir oder bei Vincent zu wohnen. Seine einzige Zerstreuung ist, daß er in seinem Gärtchen ein Miniaturdorf baut. Vor zwanzig Jahren hat er damit angefangen. Die Kirche ist kaum einen Meter hoch, aber es fehlt nicht das kleinste Detail.

Man sieht das Gasthaus, das Rathaus, eine Brücke über einen Wildbach, eine Wassermühle, und jedes Jahr kommen ein oder zwei Häuser dazu. Es soll eine getreue Nachbildung von Larina sein, dem Dorf von ihm und meiner Mutter.«

Seine innersten Gedanken enthüllte er nicht. Sein Vater

war ein ungeschlachter Mann mit beschränkter Intelligenz, der sich bis zum Alter von mehr als vierzig Jahren mit seiner Einsamkeit abgefunden hatte. Tony verstand ganz gut, daß er nach Larina gefahren war, um sich eine Frau zu suchen.

Maria Passaris war so jung, daß sie seine Tochter hätte sein können. Angelo Falcone liebte sie auf seine Weise. Nicht mit Worten, nicht mit großen Gefühlsausbrüchen, denn er war ein Mensch, der seine Empfindungen nicht zeigte.

Als sie und ihre Tochter gestorben waren, zog er sich endgültig in sich selbst zurück, und bald begann er im Garten sein seltsames Puppendorf zu bauen.

»Er ist nicht verrückt!« sagte Tony plötzlich mit Nachdruck.

Er ahnte, was einige wohl dachten, vielleicht auch Professor Bigot.

»Und ich bin auch nicht verrückt!«

»Davon ist nie die Rede gewesen.«

»Also, warum verhören Sie mich dann schon das sechste oder siebte Mal? Weil die Zeitungen über mich wie über ein Monstrum schreiben?«

Aber soweit war es noch nicht. Einstweilen befand er sich im Roches Noires, verbrachte die Tage am Strand, mit dem Geschmack von Sand im Mund, und auch im Bett und in seinen Taschen war Sand.

Während der zwei Wochen regnete es nur zweimal. Die Sonne drang in die Augen und durch die Haut, bis einem schwindelig wurde, vor allem, wenn man lange in die Wellen mit ihren Schaumkronen sah, die langsam eine hinter der anderen heranrauschten und beim Zerstieben Myriaden von leuchtenden Tropfen versprühten.

Marianne bekam einen Sonnenbrand. Nach einigen Tagen war Tony braun geworden, und wenn er sich am Abend auszog, zeichneten sich die Konturen der Badehose weiß ab. Nur Gisèle, die den Schatten unter dem Sonnenschirm nie verließ, hatte sich nicht verändert.

Was ging in Saint-Justin in dem dunklen Laden der Despierres vor sich? Und am Abend im Schlafzimmer, in dem sich Andrée und Nicolas voreinander auszogen? Hing nicht das Handtuch mit dem rosaroten Rand wie ein Alarmsignal am Fenster? War Nicolas' Mutter mit ihrem steinernen Gesicht nicht schon durch den Garten gegangen, um die Dinge in die Hand zu nehmen und sich endlich an ihrer Schwiegertochter zu rächen?

Die Leute in Poitiers, die Polizisten, Richter, Ärzte, bis hin zu der unheimlichen Doktorin der Psychologie, glaubten, sie könnten die Wahrheit feststellen, und dabei wußten sie fast gar nichts von den Despierres, den Formiers und von so vielen anderen, die ebenfalls wichtig waren.

Und von ihm, Tony, was wußten sie von ihm? Doch wohl weniger als er selbst, oder nicht?

Madame Despierre war zweifellos die bedeutendste Persönlichkeit in Saint-Justin, bedeutender und gefürchteter sogar als der Bürgermeister, der im übrigen ein reicher Viehhändler war. Nur wenige im Dorf, in dem die gleichaltrigen Männer und Frauen mit ihr schon die Schulbank gedrückt hatten, erlaubten sich, sie mit Germaine anzusprechen, geschweige denn sie zu duzen. Sie war für alle Madame Despierre.

Tony irrte sich gewiß, wenn er sie in der Erinnerung nur

mit grauen Haaren sah, mit denselben grauen Haaren wie heute, denn als er damals in ihrem Laden für seine Eltern Einkäufe machte, hatte sie die Dreißig kaum überschritten. Hinter dem Ladentisch trug sie einen grauen Kittel, ihr kreidefarbenes Gesicht war der einzige weiße Farbton.

Er hatte ihren Mann gekannt, einen kränklichen Mann, der auch einen Kittel trug; er war ihm zu lang. Er trug einen Kneifer, seine Bewegungen waren zögernd und sein Blick ängstlich.

Manchmal geriet er ins Taumeln, dann zog ihn seine Frau ins Hinterzimmer und schloß die Tür, während die Kunden sich vielsagend ansahen und die Köpfe schüttelten.

Tony hatte schon von der Fallsucht sprechen gehört, lange bevor er begriff, daß Despierre Epileptiker war und daß er hinter der verschlossenen Tür in konvulsivischen Zuckungen mit zusammengebissenen Zähnen auf dem Boden lag und ihm der Speichel übers Kinn floß.

Er erinnerte sich an seine Beerdigung, bei der er mit den anderen Schulkindern in Reih und Glied dem Trauerzug gefolgt war, der von Nicolas und seiner Mutter angeführt wurde.

Man sagte ihnen nach, daß sie sehr reich und sehr geizig seien. Sie besaßen nicht nur mehrere Häuser im Ort, sondern auch zwei große Bauernhöfe, die in Halbpacht bewirtschaftet wurden, den Weiler La Guipotte nicht mitgerechnet.

»Monsieur Falcone, warum haben Sie Saint-Justin als Wohnort gewählt, nachdem Sie das Dorf vor mehr als zehn Jahren verlassen hatten?«

Hatte er darauf nicht schon geantwortet? Man wiederholte so oft die gleichen Sätze, daß er es nicht mehr wußte. Er mußte sich ja widersprechen, denn er konnte sich all das Warum und Wie nicht einmal selbst erklären.

»Vielleicht wegen meines Vaters.«

»Sie besuchten ihn sehr selten.«

Ungefähr einmal in der Woche. Der alte Angelo war zwei- oder dreimal zu ihm gekommen und hatte sich offenbar nicht wohl gefühlt. Gisèle war für ihn eine Fremde, sie verwirrte ihn. Tony zog es vor, am Samstagabend nach La Boisselle hinunterzugehen.

Die Tür blieb offen. Die Lampe wurde nicht angezündet. Im Sumpf quakten die Frösche, und die beiden Männer saßen auf Korbstühlen und ließen die Zeit vergehen, ohne ein Wort zu sagen.

»Vergessen Sie nicht, daß sich mein Bruder bereits in Triant niedergelassen hatte.«

»Sind Sie ganz sicher, daß Sie nicht wegen Andrée zurückgekommen sind?«

»Schon wieder!«

»Sie waren über ihre Heirat mit Ihrem alten Freund Nicolas unterrichtet?«

Nein! Das war eine Überraschung gewesen. Zwischen den Despierres und den Formiers herrschte ein Abgrund. Die beiden Mütter, die fast gleich alt waren, kamen aus verschiedenen Welten.

Madame Despierre war der Prototyp der reich gewordenen Bäuerin, die Frau des Arztes Formier dagegen repräsentierte eine verarmte Provinzbourgeoisie, die ihr Gesicht wahren wollte.

Ihr Vater, Maître Bardave, war Notar in Villiers-le-Haut

gewesen, und die Mitglieder der Familie verkehrten schon seit so vielen Generationen mit den Schloßherren, spielten mit ihnen Bridge und gingen mit ihnen auf die Jagd, daß sie sich mit der Zeit als gleichrangig betrachteten.

Er hatte seinen Kindern nichts hinterlassen. Auch Formier hatte seiner Frau und seiner Tochter nichts vermacht, außer einer so bescheidenen Rente, daß sie oft nicht genug zu essen hatten, obwohl sie immer noch im Schloß lebten und sich wie Städter kleideten.

Welche von den beiden, Madame Despierre oder Madame Formier, hatte der anderen diese Heirat vorgeschlagen? War es Stolz oder gar Rachsucht auf der Seite der Geschäftsfrau? Wollte die Bürgersfrau ihre Tochter vor Armut bewahren und sicher sein, daß sie eines Tages reich und wahrscheinlich nicht allzu spät Witwe werden würde?

»Offenbar war Nicolas in der Schule der Prügelknabe seiner Kameraden.«

Wahr und falsch, wie alles übrige. Kränklich und oft von Magenschmerzen geplagt, unfähig, bei den Spielen der anderen mitzumachen, mußte er zwangsläufig zum Gespött der robusten Knaben werden. Sie behandelten ihn wie ein Mädchen. Sie hielten ihm vor, er sei feige und verkrieche sich unter die Rockschöße seiner Mutter. Und weil er nicht imstande war, sich zu wehren, erzählte er auch noch dem Lehrer von den Streichen, die ihm gespielt wurden.

Tony gehörte nicht zur Sippe seiner Quälgeister. Er war wahrscheinlich nicht besser als die anderen, aber als Ausländer stand er selbst etwas abseits.

Zweimal hatte er Nicolas, von dem er noch nicht wußte,

daß er krank war, verteidigt, einmal in der Pause, das andere Mal beim Verlassen der Schule.

Der erste Anfall hatte ihn ganz plötzlich überrascht, vor der ganzen Klasse, als er zwölfeinhalb Jahre alt war. Man hatte einen Körper zu Boden fallen hören, und als alle sich umdrehten, schlug der Lehrer mit dem Lineal auf das Pult.

»Niemand verläßt seinen Platz!«

Es war Frühling. Im Hof blühten die Kastanienbäume. In jenem Jahr gab es eine Invasion von Maikäfern, und die Kinder verfolgten den ungeschickten Flug der Käfer im Klassenzimmer, die an Fenster und Wände stießen.

Trotz der Ermahnung des Lehrers schauten alle Kinder zu Nicolas. Ihre Gesichter wurden blaß, einige hatten Brechreiz, so sehr erschütterte sie das Schauspiel.

»Alle raus in den Hof!«

Das war das Zeichen zur allgemeinen Flucht, aber die Tapfersten kamen bald von draußen an die Fenster und sahen zu, wie der Lehrer Nicolas sein Taschentuch in den Mund steckte.

Einer der Jungen rannte zum Lebensmittelladen, und Madame Despierre kam in ihrem gewohnten grauen Kittel sofort herbeigeeilt.

»Was machen sie?« wurden die gefragt, die durchs Fenster schauten.

»Nichts. Sie lassen ihn am Boden liegen. Er liegt sicher im Sterben.« Sie hatten ein schlechtes Gewissen.

»Glaubst du, er hat was Schlechtes gegessen?«

»Nein. Sein Vater hat offenbar dasselbe gehabt.«

»Ist die Krankheit ansteckend?«

Eine viertel oder halbe Stunde später – die Zeit spielte

keine Rolle – ging Madame Despierre mit ihrem Sohn an der Hand über den Hof. Er sah wieder wie sonst aus und blickte verwundert um sich.

In der Schule bekam er keine Anfälle mehr. Soweit Tony verstanden hatte, fühlte er sie fast immer kommen, manchmal mehrere Tage im voraus, und seine Mutter behielt ihn dann zu Hause.

Bei Madame Despierre sprach man nicht darüber. Im Laden war das Thema tabu. Ohne zu wissen warum, hielten alle diese Krankheit für eine Schande.

Nicolas kam nicht aufs Gymnasium in Triant, leistete keinen Militärdienst und ging auch nie auf Bälle. Er besaß weder ein Fahrrad noch ein Motorrad, und später fuhr er auch nicht den 2 CV.

Manchmal war er acht Tage lang schweigsam, düster und argwöhnisch und sah die Leute an, als ob sie etwas gegen ihn hätten. Er trank keinen Alkohol und keinen Wein, sein Magen vertrug nur Diät.

Hatte Tony an jenem Septemberabend am Straßenrand, vor Andrées halbnacktem Körper, nicht an ihn gedacht, und war es ihm nicht peinlich gewesen?

»Waren Sie etwa bewußt oder unbewußt böse auf ihn, weil er reich war?«

Er zuckte mit den Schultern. Gewiß, bevor er von seiner Krankheit wußte, vor dem ersten Anfall in der Schule, hatte er Nicolas beneidet, kindlich beneidet: Er träumte von den Gläsern mit den bunten Bonbons, von den Keksdosen mit den Glasdeckeln, in die, so dachte er, Nicolas nur hineinzulangen brauchte, während er selbst höchstens ab und zu ein Anrecht auf billige Süßigkeiten hatte.

»Als Sie von seiner Heirat erfuhren, ist Ihnen da nicht der Gedanke gekommen, daß er Andrée sozusagen gekauft hat oder daß seine Mutter sie für ihn gekauft hat?«

Vielleicht. Er hatte die »Statue« ein wenig verachtet, denn er konnte nicht glauben, daß sie aus Liebe geheiratet hatte.

Nach einiger Überlegung hatte er sie bemitleidet. Auch er war als Kind nicht immer satt geworden, aber er hatte auch nicht im Schloß gewohnt und es nicht nötig gehabt, den großen Herrn zu spielen.

Er wußte nicht, was bei der Hochzeit vereinbart worden war. So wie er sie kannte, hatten beide Mütter ihre Bedingungen gestellt. Sie wohnten einander fast gegenüber. Das Schloß lag rechts von der Kirche beim Pfarrhaus. Auf der anderen Seite des Platzes, an der Ecke der Rue Neuve, schloß sich der Laden der Despierres an das Rathaus und die Schule an.

Es war eine große Hochzeit in Weiß gewesen mit einem Festessen im Wirtshaus, von dem noch immer gesprochen wurde, aber das Brautpaar hatte keine Hochzeitsreise gemacht und die erste Nacht im Schlafzimmer über dem Laden verbracht, das sie von da ab bewohnten.

Madame Despierre zog sich in ein ebenerdiges, an den Garten angrenzendes Haus zurück, etwa zwanzig Meter von ihrem Sohn und ihrer Schwiegertochter entfernt.

In der ersten Zeit standen die Frauen zusammen am Ladentisch, und die Mutter kochte weiterhin das Essen. Eine alte Frau aus dem Ort, die immer Männerstiefel trug, kam jeden Tag zum Saubermachen.

Alle Leute beobachteten sie und stellten bald fest, daß

Madame Despierre und Andrée nur miteinander sprachen, wenn es das Geschäft erforderte.

Später nahm die Mutter die Mahlzeiten in ihrem eigenen Haus ein. Nach einigen Monaten schließlich war sie weder im Laden noch im Haus mehr zu sehen, und ihr Sohn ging zwei- oder dreimal täglich durch den Garten, um sie zu besuchen.

Hieß das, daß Andrée das Spiel gewonnen hatte? War sie, als sie heiratete, entschlossen gewesen, ihre Schwiegermutter nach und nach zu verdrängen?

Achtmal hatte er sich mit ihr in dem blauen Zimmer getroffen, und er war nie so neugierig gewesen, sie danach zu fragen. Er wollte über diesen Teil von Andrées Leben, die er vor allem nackt und leidenschaftlich kannte, nichts wissen und auch nicht lange darüber nachdenken.

Es gab da eine Wahrheit, die er undeutlich fühlte, die er aber nicht zum Ausdruck bringen konnte. Ihm schien, daß sie aus den Sätzen hervorging, die am 2. August gesprochen worden waren, an jenem berühmten 2. August, den er so arglos erlebt hatte, ohne zu ahnen, daß man so viel darüber reden und in den Zeitungen mehrspaltige Artikel darüber schreiben würde.

Der Reporter einer großen Pariser Tageszeitung erfand sogar ein Schlagwort, das alle seine Kollegen übernahmen: »Das rasende Liebespaar«.

»Möchtest du dein ganzes Leben mit mir verbringen?«

Und er hatte geantwortet:

»Sicher.«

Er leugnete es nicht. Er selbst hatte dem Richter dieses Gespräch wiederholt. Aber das wichtige daran war der

Tonfall. Er hatte es gesagt, ohne daran zu glauben. Es war nicht Wirklichkeit gewesen. In dem blauen Zimmer war nichts Wirklichkeit. Oder vielmehr, es handelte sich um eine andere Wirklichkeit, die anderswo unbegreiflich war.

Er versuchte, das dem Psychiater zu erklären. Bigot schien für den Augenblick zu verstehen, aber ein wenig später bewies er durch eine Frage oder eine Bemerkung, daß er überhaupt nichts verstanden hatte.

Wenn Tony den Wunsch gehabt hätte, mit ihr zusammen zu leben, hätte er nicht gesagt:

»Sicher!«

Er wußte nicht, was er geantwortet hätte, aber er hätte andere Worte gebraucht. Andrée hatte sich nicht täuschen lassen, denn sie hatte wiederholt:

»Bist du so sicher? Hättest du nicht Angst?«

»Angst wovor?«

»Kannst du dir vorstellen, wie wir die Tage verbringen würden?«

»Mit der Zeit würden wir uns daran gewöhnen.«

»Woran?«

War das Wirklichkeit? Hätte er mit Gisèle so gesprochen? Auch Andrée, wie sie befriedigt und mit gespreizten Schenkeln dalag, spielte das Spiel.

»An uns beide.«

Sie waren ja doch nur ein Paar, wenn sie im Bett lagen, nur im blauen Zimmer, wenn sie es in ihrer »Raserei« – um mit dem Reporter zu sprechen – mit dem Geruch ihrer Körper erfüllten.

Woanders waren sie nie zu zweit gewesen, außer damals,

als sie sich zum ersten Mal geliebt hatten, im hohen Gras und in den Brennesseln am Rand des Bois de Sarelle.

»Wenn Sie sie nicht liebten, wie ist es dann möglich…«

Was verstanden sie unter lieben? Hätte ihm Professor Bigot eine Definition des Wortes geben können, Bigot, der behauptete, sich auf wissenschaftlichem Gebiet zu bewegen? Wie liebte seine Tochter, die gerade geheiratet hatte, ihren Mann?

Und der Untersuchungsrichter Diem mit seinem wirren Haarkranz um den Kopf? Seine Frau hatte ihm soeben das erste Kind geboren, und er mußte sicher wie alle jungen Väter, wie Tony früher, nachts manchmal aufstehen, um ihm die Flasche zu geben. Wie liebte er seine Frau?

Um ihnen zu antworten, hätte er ihnen Augenblicke beschreiben müssen, die sich nicht beschreiben lassen, Augenblicke etwa, wie er sie in Les Sables-d'Olonne erlebt hatte.

»Warum haben Sie Les Sables ausgesucht und nicht einen Strand in der Vendée oder in der Bretagne?«

»Weil wir da im ersten Jahr unserer Ehe gewesen sind.«

»So konnte also Ihre Frau denken, es sei eine Art Pilgerfahrt, Sie seien mit diesem Ort gefühlsmäßig verbunden? Ist es nicht genau das, was Sie getan hätten, wenn Sie ihr Mißtrauen hätten beschwichtigen wollen?«

Er konnte sich nur auf die Lippen beißen, innerlich kochte er. Es hätte nichts genutzt, sich aufzulehnen.

Sollte er ihnen vom letzten Tag am Meer erzählen? Erst einmal war da der Morgen gewesen… Er lag unter dem Sonnenschirm und warf ab und zu durch die Wimpern einen Blick auf seine Frau, die in einem gestreiften Liegestuhl saß und sich beeilte, den himmelblauen Pullover fertigzustricken.

»Woran denkst du?« hatte sie ihn gefragt.

»An dich.«

»Und was denkst du?«

»Daß ich Glück hatte, dich kennenzulernen.«

Das stimmte nur zum Teil. Hinter sich hörte er Marianne, die so tat, als würde sie den Text in einem Bilderbuch lesen, und er sagte sich, daß sie sich in zwölf oder fünfzehn Jahren verlieben und heiraten würde, daß sie sie verlassen würde, um ihr Leben mit einem Mann zu teilen.

Mit einem mehr oder weniger Unbekannten, denn weder in einigen Monaten noch in zwei oder drei Jahren lernt man sich wirklich kennen.

So war er auf Gisèle gekommen. Er sah ihr beim Stricken zu, sie war ernst und entspannt. Gerade als sie ihm ihre Frage stellte, hatte er sich gefragt, woran sie wohl dachte.

Eigentlich wußte er nicht, was für eine Meinung sie von ihm hatte, wie sie ihn sah, wie sie sein Tun und Treiben beurteilte.

Seit sieben Jahren waren sie verheiratet. Nun versuchte er sich ihr späteres Leben vorzustellen. Nach und nach würden sie alt werden. Marianne würde ein junges Mädchen werden. Sie würden auf ihre Hochzeit gehen. Eines Tages würde sie ihnen mitteilen, daß sie ein Kind erwartete, auf der Entbindungsstation würde der Vater des Kindes den Vorrang vor ihnen haben.

Würden Gisèle und er sich nicht erst dann wirklich lieben? Mußten nicht lange Jahre vergehen, um sich kennenzulernen, mit vielen gemeinsamen Erinnerungen, Erinnerungen wie die an den Morgen, den sie gerade zusammen erlebten?

Ohne Zweifel bewegten sich ihre Gedanken in ähnlichen Bahnen, denn ein wenig später sagte seine Frau vor sich hin:

»Es kommt mir komisch vor, wenn ich dran denke, daß Marianne schon in die Schule kommt.«

Und er war schon bei der Hochzeit!

Ihre Tochter hatte bald gemerkt, daß sie sich hier alles erlauben konnte, und sie nutzte ihren Vater ordentlich aus. An diesem Nachmittag mehr denn je. Sie ließ ihn keinen Augenblick in Ruhe.

Es war Ebbe, das Meer war weit weg, unerreichbar. Über eine Stunde mußte er Marianne helfen, eine große Burg zu bauen, genauer gesagt, er mußte unter ihrer Anleitung arbeiten, und wie der alte Angelo in seinem Garten verlangte sie immer wieder etwas Neues, einen Wassergraben, einen Abzugsgraben, eine Zugbrücke.

»Jetzt suchen wir Muscheln und pflastern den Hof und die Rundgänge.«

»Sei vorsichtig mit der Sonne. Setz deinen Hut auf.«

Sie hatten ihr in einem Bazar einen venezianischen Gondelhut gekauft.

Gisèle wagte nicht hinzuzufügen:

»Mute deinem Vater nicht zu viel zu!«

Vater und Tochter hatten beide einen roten Eimer in der Hand und liefen den ganzen Strand entlang, mit gesenktem Kopf, um im braunen Sand vielleicht eine Muschel aufleuchten zu sehen, stolperten bisweilen über das Bein eines in der Sonne liegenden Badegastes oder wichen gerade noch einem Ball aus.

Hatte er das Gefühl, eine Pflicht zu erfüllen, das Gefühl, daß man ihm eine Schwäche verzeihen, daß er einen begangenen Fehler wiedergutmachen mußte? Er wäre beim besten Willen nicht imstande gewesen, darauf zu antworten. Er wußte nur, daß dieser Spaziergang in der Sonne, begleitet von dem hellen Stimmchen seiner Tochter, schön und zugleich melancholisch war.

Er war glücklich und traurig. Nicht wegen Andrée oder wegen Nicolas. Er konnte sich nicht erinnern, daß er an sie gedacht hatte. Er hätte am ehesten gesagt: glücklich und traurig, wie es das Leben ist.

Als sie auf der Höhe des Casinos, aus dem Musik zu ihnen herüberklang, umkehrten, wurde ihnen der Weg lang, das Ziel schien weit, vor allem für Marianne, die schon die Füße nachzog.

»Bist du müde?«

»Ein bißchen.«

»Möchtest du, daß ich dich auf die Schultern nehme?«

Sie hatte gelacht und dabei ihre Zahnlücke gezeigt.

»Ich bin doch zu groß.«

Mit zwei oder drei Jahren war das ihr Lieblingsspiel gewesen. Abends trug er sie immer so in ihr Schlafzimmer hinauf.

»Die Leute werden dich auslachen«, sagte sie dann, aber sie hatte doch Lust dazu. Er hob sie in die Höhe, sie hielt sich an seinem Kopf fest, und er nahm beide Sandeimer in die Hand.

»Bin ich nicht zu schwer?«

»Nein.«

»Stimmt es, daß ich dünn bin?«

»Wer sagt das?«

»Der kleine Roland.«

Das war der Sohn des Hufschmieds.

»Er ist ein Jahr jünger als ich und wiegt fünfundzwanzig Kilo. Ich wieg nur neunzehn. Bevor wir wegfuhren, haben sie mich auf der Waage im Lebensmittelgeschäft gewogen.«

»Jungen sind schwerer als Mädchen.«

»Warum?«

Gisèle betrachtete sie nachdenklich, vielleicht ein wenig gerührt, als sie zurückkamen. Er setzte seine Tochter im Sand ab.

»Hilf mir die Muscheln legen.«

»Findest du nicht, du übertreibst, Marianne? Dein Vater ist hier, um sich zu erholen. Übermorgen muß er wieder arbeiten.«

»Er wollte mich ja tragen.«

Ihre Blicke trafen sich.

»Auch für sie ist es der letzte Ferientag«, sagte er leichthin, um seine Tochter zu entschuldigen.

Sie sagte nichts mehr, aber er glaubte Dankbarkeit in ihren Augen zu lesen.

Dank wofür? Daß er sich ihnen zwei Wochen lang gewidmet hatte? Für ihn war das selbstverständlich.

4

Manchmal mußte er im Gang vor dem Amtszimmer des Richters warten. Dann saß er mit Handschellen auf einer Bank zwischen zwei Gendarmen, die fast jedesmal andere waren.

Er fühlte sich nicht mehr gedemütigt, war nicht mehr wütend. Er sah die Leute vorbeigehen, Angeklagte, Zeugen, die vor anderen Türen warten mußten, Anwälte in Amtsroben, die ihre weiten Ärmel wie Flügel bewegten, und er reagierte nicht, wenn man ihm neugierige Blicke zuwarf oder sich nach ihm umdrehte.

Im Amtszimmer des Richters angekommen, nahm man ihm die Handschellen ab, die Wärter verließen auf einen Wink des Richters den Raum. Diem entschuldigte sich, er habe sich verspätet oder sei aufgehalten worden, und hielt ihm sein silbernes Zigarettenetui hin. Das war bereits zur Tradition, zur selbstverständlichen Geste geworden.

Die Einrichtung war altmodisch und nicht sehr gepflegt, wie in Bahnhöfen und Amtsstuben, die Wände waren grünlich gestrichen, auf dem schwarzen Marmorkamin stand eine ebenfalls schwarze Stutzuhr, die – sicher schon seit Jahren – fünf Minuten vor zwölf zeigte.

Manchmal sagte der Richter gleich:

»Ich glaube, ich brauche Sie nicht, Monsieur Trinquet.«

Der Gerichtsschreiber, der einen braunen Schnurrbart hatte, ging dann hinaus. Er nahm Arbeit mit, die er Gott weiß wo erledigte, und das bedeutete, daß man nicht über die eigentlichen Tatsachen sprechen würde.

»Ich nehme an, Sie verstehen, warum ich Ihnen Fragen stelle, die anscheinend in keiner Beziehung zur Anklage stehen. Ich bemühe mich gewissermaßen, das Fundament zu bauen, ihre Personalakte anzulegen.«

Man hörte den Lärm der Stadt, auf der anderen Seite der Straße waren offene Fenster zu sehen und Leute, die zu Hause ihren täglichen Verrichtungen nachgingen. Der Richter verbot Tony nicht aufzustehen, wenn er das Bedürfnis verspürte, sich zu entspannen, er konnte auch hin und her gehen oder einen Augenblick die Vorgänge auf der Straße beobachten.

»Ich würde zum Beispiel gerne etwas über Ihren Tagesablauf hören.«

»Ja, wissen Sie, das wechselt mit den Jahreszeiten und Wochentagen. Vor allem hängt es von den Wochen- und Monatsmärkten ab.«

Tony merkte, daß er soeben in der Gegenwart gesprochen hatte, und verbesserte sich mit dem Anflug eines Lächelns.

»Oder vielmehr, es hing davon ab. Ich bin auf die Märkte im Umkreis von ungefähr dreißig Kilometern gegangen, nach Virieux, Ambasse, Chiron. Soll ich sie alle aufzählen?«

»Das ist überflüssig.«

»An solchen Tagen bin ich früh weggefahren, manchmal schon um fünf Uhr morgens.«

»Stand Ihre Frau auf, um Ihnen das Frühstück zu machen?«

»Sie bestand darauf. An andern Tagen hatte ich Verabredungen auf Bauernhöfen, um etwas vorzuführen oder eine Maschine zu reparieren. Oder es sind Landwirte zu mir gekommen, mit denen ich in den Schuppen ging.«

»Nehmen wir einen gewöhnlichen Tag.«

»Gisèle ist als erste aufgestanden, um sechs.«

Sie glitt geräuschlos aus dem Bett, nahm ihren lachsfarbenen Schlafrock und ging hinaus, und wenig später hörte er sie in der Küche direkt unter sich den Herd anzünden. Dann ging sie in den Garten, um den Hühnern Körner zu streuen und die Kaninchen zu füttern.

Gegen halb sieben ging er hinunter, ohne sich gewaschen zu haben, nachdem er mit dem Kamm durch sein dichtes Haar gefahren war. Der Tisch wurde in der Küche gedeckt, ohne Tischtuch, denn er hatte einen Kunststoffbezug. Sie aßen zusammen, während Marianne noch schlief. Sie ließen sie schlafen, solange sie wollte.

»Bis sie dann zur Schule ging. Da mußten wir sie schon um sieben wecken.«

»Brachten Sie sie zur Schule?«

»Nur die ersten zwei oder drei Tage.«

»Sie?«

»Meine Frau. Sie hat die Gelegenheit benutzt, um einkaufen zu gehen. Sonst ist sie gegen neun ins Dorf gegangen, zum Metzger oder zum Bäcker oder ins Lebensmittelgeschäft...«

»In den Laden der Despierres?«

»Es gibt praktisch keinen andern in Saint-Justin.«

Vor allem vormittags waren in dem niedrigen Laden ständig ein halbes Dutzend Frauen zu sehen, die sich unterhielten, bis sie an die Reihe kamen. Einmal hatte er den Laden mit einer Sakristei verglichen, er wußte nicht warum.

»Gab Ihnen Ihre Frau nie Aufträge für Besorgungen?«

»Nur wenn ich nach Triant oder in eine andere Stadt gefahren bin, für Sachen, die es im Dorf nicht gab.«

Er ahnte, daß die Fragen nicht so harmlos waren, wie es den Anschein hatte, aber er antwortete trotzdem freimütig und bemühte sich, genau zu sein.

»Sie betraten den Laden der Despierres nie?«

»Vielleicht einmal alle zwei Monate. Vormittags, wenn zum Beispiel Putztag war, oder auch, wenn meine Frau die Grippe hatte.«

»Welches war der Putztag?«

»Der Samstag.«

Wie fast überall. Montag war Waschtag, Dienstag oder Mittwoch, je nach Wetter und je nachdem, ob die Wäsche trocken war oder nicht, war Bügeltag. So war es in den meisten Häusern im Dorf. An manchen Vormittagen hingen in allen Höfen und Gärten Wäschestücke wie Fahnen an ihren Leinen.

»Um wieviel Uhr erhielten Sie die Post?«

»Sie wurde uns nicht ins Haus gebracht. Der Zug fährt morgens um acht Uhr sieben durch Saint-Justin, und die Säcke werden gleich ins Postamt getragen. Da unser Haus am äußersten Ende des Dorfs liegt, wäre der Briefträger erst am Schluß seines Rundgangs bei uns, also gegen Mittag. Da bin ich lieber auf die Post gefahren, wo ich oft warten mußte, bis die Briefe fertig sortiert waren. Sonst haben sie meine Post aufgehoben.«

»Wir kommen noch darauf zurück. Sie gingen zu Fuß hin?«

»Meistens. Ich hab den Wagen nur genommen, wenn ich außerhalb des Dorfes zu tun hatte.«

»Jeden zweiten Tag, jeden dritten?«

»Eher jeden zweiten, außer im Winter, denn im Winter war ich weniger unterwegs.«

Er hätte alle Einzelheiten seines Berufs erklären müssen, den Rhythmus der Jahreszeiten, des Ackerbaus. Bei ihrer Rückkehr von Les Sables etwa war die Marktsaison in vollem Gang. Dann hatte die Weinlese begonnen, dann die Herbstarbeiten auf dem Feld, und deshalb war er auch überarbeitet gewesen.

Am ersten Donnerstag hatte er es vermieden, durch die Rue Neuve zu gehen, um zu sehen, ob Andrée das Handtuch ans Fenster gehängt hatte. Das hatte er dem Richter Diem bereits gesagt, der immer wieder fragte:

»Sie waren entschlossen, sie nicht wiederzusehen?«

»Von Entschluß kann man da nicht reden.«

»Kam das nicht daher, daß Sie auf anderem Wege Nachricht von ihr erhalten hatten?«

Diesmal beging er einen Fehler, er merkte es in dem Augenblick, als er den Mund öffnete. Zu spät. Die Worte waren bereits formuliert und kamen ihm über die Lippen.

»Ich hab keine Nachricht von ihr erhalten.«

Er log nicht seinetwegen. Er log auch nicht eigentlich wegen Andrée, sondern aus einer Art Treue oder aus männlicher Anständigkeit.

Tony erinnerte sich später, daß es am Tag jenes Verhörs geregnet hatte und daß Monsieur Trinquet, der Gerichtsschreiber, an seinem Tischende gesessen war.

»Sie sind am 17. August mit Ihrer Frau und Ihrer Tochter aus Les Sables zurückgekommen. Am ersten Donnerstag sind Sie entgegen Ihrer Gewohnheit nicht nach Triant gefahren. Fürchteten Sie, Andrée Despierre zu begegnen?«

»Vielleicht. Aber ich würde nicht das Wort Furcht gebrauchen.«

»Fahren wir fort. Am Donnerstag darauf hatten Sie um zehn Uhr vormittags ein Treffen mit einem gewissen Félicien Hurlot, dem Sekretär einer Landwirtschaftsgenossenschaft. Es fand bei Ihrem Bruder statt. Sie haben dort mit Ihrem Kunden zu Mittag gegessen und sind nach Saint-Justin zurückgekehrt, ohne sich auf der Place du Marché zu zeigen. Immer noch, um nicht plötzlich Ihrer Geliebten gegenüberzustehen?«

Es war ihm nicht möglich zu antworten. In Wirklichkeit wußte er es selbst nicht. Er hatte inhaltslose, verworrene Wochen verbracht, ohne sich Fragen zu stellen und vor allem ohne Entscheidungen zu treffen.

Was er aufrichtig behaupten konnte, war, daß er sich Andrée ferner gefühlt hatte als in den vergangenen Monaten und daß er mehr zu Hause war, als ob er den Kontakt mit seiner Familie bräuchte.

»Am 4. September...«

Während der Richter sprach, suchte Tony sich zu erinnern, was dieses Datum bedeuten konnte.

»Am 4. September haben Sie den ersten Brief bekommen.«

Er wurde rot.

»Ich weiß nicht, von welchem Brief Sie sprechen.«

»Ihr Name und Ihre Adresse waren in eckiger Druckschrift auf den Umschlag geschrieben. Die Briefmarke trug den Poststempel von Triant.«

»Ich kann mich nicht erinnern.«

Er log weiter, weil er glaubte, es sei zu spät zum Umkehren.

»Der Posthalter, Monsieur Bouvier, hat über diesen Brief eine Bemerkung gemacht.«

Diem nahm ein Blatt aus den Akten und las vor:

»Ich habe zu ihm gesagt:

›Das sieht mir ganz nach einem anonymen Brief aus, Tony. So schreiben Leute, die anonyme Briefe schicken.‹

Das erinnert Sie noch immer an nichts?«

Er schüttelte den Kopf und schämte sich für seine Lüge, denn er log schlecht, er wurde rot und starrte ins Leere, damit man seine Verlegenheit nicht in seinen Augen lesen konnte.

Der Brief trug keine Unterschrift, aber er war keineswegs anonym. Auch der sehr kurze Text war in Druckbuchstaben geschrieben:

ALLES IN ORDNUNG. HAB KEINE ANGST.

»Sehen Sie, Monsieur Falcone, ich bin überzeugt, daß die Person, die Ihnen geschrieben und den Brief in Triant aufgegeben hat, die Schrift nicht verstellte, weil sie fürchtete, Sie würden sie erkennen, sondern weil sie fürchtete, daß der Posthalter sie identifizieren könnte. Es muß sich also um jemanden aus Saint-Justin handeln, um jemanden, dessen normale Schrift Monsieur Bouvier bekannt ist. In der darauffolgenden Woche wurde ein zweiter, ganz ähnlicher Brief an Sie adressiert.

›Sieh mal an!‹ hat der Posthalter scherzend zu Ihnen gesagt. ›Am Ende habe ich mich geirrt. Da steckt wohl gar eine Liebesgeschichte dahinter?‹«

Der Text war nicht länger gewesen als der der ersten Botschaft:

ICH VERGESSE NICHT. ICH LIEBE DICH.

Er war so erschrocken, daß er es nicht mehr gewagt hatte, durch die Rue Neuve zu fahren. Er machte einen Umweg, wenn er zum Bahnhof mußte, wo er ziemlich oft Eilgutsendungen abzuholen hatte.

Wochenlang war er bedrückt gewesen, während er die Märkte und Bauernhöfe besuchte oder zu Hause im Monteuranzug im Schuppen arbeitete.

Öfter als früher ging er über den Platz zwischen Schuppen und Haus und fand dann Gisèle damit beschäftigt, Gemüse zu putzen, die Fliesen des Küchenbodens mit Seife zu schrubben oder droben die Schlafzimmer zu machen. Wenn Marianne in der Schule war, wirkte das Haus ein wenig leer. Kam sie um vier Uhr heim, sah er den beiden gern in der Küche beim Vesperbrot zu; sie saßen sich gegenüber, und jede hatte ihren Marmeladentopf vor sich stehen.

Auch davon würde später die Rede sein, und nicht nur einmal. Marianne mochte nur Erdbeermarmelade, während ihre Mutter Pflaumenmus vorzog, weil sie von Erdbeeren, auch von gekochten, Nesselfieber bekam.

Zu Beginn ihrer Ehe hatten ihn Gisèles Eßgewohnheiten amüsiert, und er hatte sie deswegen geneckt.

Die Leute sahen wegen ihrer blonden Haare, ihrer blassen Hautfarbe und ihres länglichen Gesichts gern etwas Engelhaftes an ihr.

Und dabei mochte sie nur stark gewürzte Speisen, saure Heringe, mit Knoblauch angemachten Salat mit viel Essig, Schimmelkäse. Nicht selten knabberte sie eine große rohe Zwiebel, wenn sie im Gemüsegarten arbeitete. Dagegen aß sie nie ein Bonbon und auch keine Nachspeise. Er war derjenige, der auf Kuchen und Gebäck versessen war.

In ihrem Haushalt gab es noch andere Besonderheiten. Seine Eltern hatten als gute Italiener ihn und seinen Bruder katholisch erzogen. Er erinnerte sich an eine Kindheit voller Orgeltöne, daran, wie sie am Sonntag vormittag aus der Messe kamen, an die Frauen und jungen Mädchen in Seidenkleidern, die nur an diesem Tag Reispuder und Parfum benutzten.

Er kannte jedes Haus und jeden Stein im Ort, er wußte noch, daß er den Fuß auf einen bestimmten Randstein gestellt hatte, um auf dem Heimweg von der Schule seinen Schuh zuzubinden, aber die Kirche mit ihren drei bemalten Fenstern hinter dem Chor, wo die Kerzen brannten, nahm in seiner Erinnerung den größten Raum ein. Die anderen Fenster waren weiß. Diese drei trugen die Namen der Stifter, auf dem rechten stand der Name Despierre, wohl ein Großvater oder Urgroßvater von Nicolas.

Er ging immer noch mit Marianne in die Sonntagsmesse,

seine Frau blieb zu Hause. Sie war nicht getauft. Ihr Vater war überzeugter Atheist, und er hatte in seinem Leben nur vier oder fünf Romane von Zola gelesen.

»Ich bin nur ein Arbeiter, aber ich sag dir, Tony, Germinal, weißt du ...«

Sie lebten ganz anders als die anderen Familien, wo die Männer ihre Frauen bis zur Kirchentür begleiteten und ins nächste Café gingen, um ihren Schoppen zu trinken und zu warten, bis die Messe aus war.

»Wollen Sie wirklich behaupten, Monsieur Falcone, daß Sie, vor allem im Oktober, mit keinem Ereignis rechneten?«

Mit nichts Bestimmtem. Er fühlte sich eher unwohl wie vor einer Krankheit. Der Oktober war sehr regnerisch gewesen. Tony trug von morgens bis abends seine hohen Schnürstiefel und seine Reithosen, das war zusammen mit dem braunen Überzieher seine Winterkleidung.

Marianne kam ganz aufgeregt von der Schule nach Hause und sprach während des Essens von nichts anderem.

»Auch an den dritten Brief erinnern Sie sich gar nicht? Monsieur Bouvier hat ein besseres Gedächtnis als Sie. Nach seiner Aussage haben Sie ihn an einem Freitag bekommen, wie die anderen, um den 20. Oktober herum.«

Es war der kürzeste und der beunruhigendste.

BALD! ICH LIEBE DICH.

»Ich nehme an, Sie haben diese und die folgenden Briefe verbrannt?«

Nein. Er hatte sie in kleine Stücke gerissen und in den

Orneau geworfen. Vom Regen angeschwollen, führten die braunen Fluten Zweige, tote Tiere und alle möglichen Abfälle mit sich.

»Wenn mich meine Erfahrung nicht täuscht, so werden Sie Ihre Taktik bald ändern. In allen anderen Punkten haben Sie offenbar freimütig geantwortet. Ich würde mich wundern, wenn Ihr Anwalt Ihnen nicht anraten würde, in bezug auf die Briefe dieselbe Haltung einzunehmen. Sie könnten mir dann auch sagen, in welcher Verfassung Sie Ende Oktober waren.«

Das war unmöglich. Seine seelische Verfassung war zu wechselhaft gewesen. Er hatte sich bemüht, nicht nachzudenken, und fühlte, daß Gisèle ihn neugierig, vielleicht sogar sorgenvoll beobachtete. Sie fragte ihn nicht mehr:

»Woran denkst du?«

Sie sagte ruhig, fast unbeteiligt:

»Hast du nicht Hunger?«

Er hatte keinen Appetit. Dreimal war er bei Tagesanbruch auf der Wiese, die ihr Haus von der Schmiede trennte, oben beim großen Kirschbaum Pilze sammeln gegangen. Er hatte mehrere Traktoren verkauft, zwei davon an die Landwirtschaftsgenossenschaft von Virieux, die sie an Kleinbauern vermietete und zu demselben Zweck für den nächsten Sommer eine Bindemähmaschine bei ihm bestellt hatte.

Es war ein gutes Jahr gewesen, er würde in der Lage sein, einen erheblichen Teil der auf dem Haus lastenden Schulden abzuzahlen.

»Wir sind beim 31. Oktober angelangt. Was haben Sie an diesem Tag gemacht?«

»Ich hab einen Kunden in Vermoise besucht, zweiunddreißig Kilometer weit weg, und dort eine ganze Weile an einem defekten Traktor gearbeitet. Ich konnte nicht herausfinden, wo es fehlte, und hab auf dem Hof zu Mittag gegessen.«

»Sie sind über Triant zurückgefahren? Haben Sie Ihren Bruder besucht?«

»Ich mußte sowieso dort vorbei, und gewöhnlich gehe ich dann eine Weile mit Vincent und Lucia plaudern.«

»Sie haben ihnen nichts von Ihren Befürchtungen mitgeteilt? Sie haben auch nicht von einer möglichen oder gar wahrscheinlichen Veränderung in Ihrem Leben gesprochen?«

»Was für eine Veränderung?«

»Wir kommen noch darauf zurück. Sie sind nach Hause gefahren und haben zu Abend gegessen. Nachher haben Sie vor dem Fernseher gesessen, den Sie zwei Wochen vorher gekauft hatten. Das haben Sie beim Kommissar der Kriminalpolizei ausgesagt, sein Bericht liegt vor mir. Sie sind zur selben Zeit schlafen gegangen wie Ihre Frau?«

»Ja sicher.«

»Sie hatten keine Ahnung, was sich in jener Nacht kaum einen halben Kilometer von Ihnen entfernt abspielte?«

»Wie hätte ich es ahnen sollen?«

»Sie vergessen die Briefe, Falcone. Sie leugnen sie zwar, aber ich ziehe sie mit in Betracht. Am nächsten Morgen, an Allerheiligen, sind Sie mit Ihrer Tochter an der Hand ungefähr um zehn in die Kirche gegangen.«

»Richtig.«

»Sie sind also am Lebensmittelgeschäft vorbeigegangen.«

»Die Fensterläden waren geschlossen wie an allen Sonn- und Feiertagen.«

»Im ersten Stock waren sie auch geschlossen?«

»Ich hab nicht hinaufgeschaut.«

»Bedeutete Ihre Gleichgültigkeit, daß Sie Ihr Verhältnis mit Andrée Despierre als beendet betrachteten?«

»Ich glaub schon.«

»Oder haben Sie nicht hinaufgeschaut, weil Sie schon Bescheid wußten?«

»Ich wußte nicht Bescheid.«

»Auf dem Gehsteig vor dem Laden standen mehrere Leute beieinander.«

»Am Sonntag versammeln sich immer vor und nach der Hauptmesse Leute auf dem Platz.«

»Wann haben Sie von Nicolas' Tod erfahren?«

»Zu Beginn der Predigt. Als Abbé Louvette auf die Kanzel stieg, hat er die Gläubigen gebeten, mit ihm für den Seelenfrieden von Nicolas Despierre zu beten, der während der Nacht im Alter von dreiunddreißig Jahren gestorben ist.«

»Wie hat das auf Sie gewirkt?«

»Ich war bestürzt.«

»Haben Sie bemerkt, daß sich nach den Worten des Pfarrers mehrere Leute nach Ihnen umdrehten?«

»Nein.«

»Ich habe hier die Zeugenaussage des Klempners und vereidigten Flurhüters Pirou. Er hat das behauptet.«

»Möglich. Ich verstehe nicht, wie die Einwohner von Saint-Justin auf dem laufenden sein konnten.«

»Auf dem laufenden worüber?«

»Über mein Verhältnis mit Andrée.«

»Als Sie aus der Kirche kamen, sind Sie nicht stehengeblieben und haben auch nicht das Grab Ihrer Mutter besucht.«

»Meine Frau und ich hatten vereinbart, nachmittags auf den Friedhof zu gehen.«

»Unterwegs hat Sie der Hufschmied Didier, Ihr nächster Nachbar, eingeholt und Sie ein Stück weit begleitet. Er hat zu Ihnen gesagt:

›Natürlich mußte das eines Tages passieren, aber ich hab nicht damit gerechnet, daß es so schnell geht. Es gibt eine, die wird glücklich sein!‹«

»Er hat das vielleicht gesagt. Ich erinnere mich nicht daran.«

»Vielleicht waren Sie zu aufgewühlt, um es zu hören?«

Was sollte er sagen? Ja? Nein? Er fand keine Worte. Er war wie betäubt. Er erinnerte sich lediglich an Mariannes kleine Hand im Wollhandschuh, die in der seinen lag, und an den Regen, der gerade wieder einsetzte.

Auf dem Schreibtisch des Richters läutete das Telefon, das Verhör wurde von einem langen Gespräch unterbrochen, in dem es um einen gewissen Martin, um ein Juweliergeschäft und um einen Zeugen ging, der sich hartnäckig weigerte, eine Aussage zu machen.

Soweit er verstehen konnte, mußte Tony annehmen, daß der Staatsanwalt am anderen Ende der Leitung war, ein bedeutend aussehender Mann, den er nur eine halbe Stunde lang gesehen hatte und der ihm Angst einflößte.

Vor Diem hingegen hatte er keine Angst. Es war ein

ganz anderes Gefühl. Ihm schien, es hätte wenig gefehlt, daß sie sich verstanden hätten, ja, daß sie Freunde geworden wären. Dieses Wenige jedoch kam nicht zustande.

»Entschuldigen Sie, Monsieur Falcone«, murmelte er, als er den Hörer wieder auflegte.

»Bitte.«

»Wo waren wir? Ach ja! Sie kamen von der Messe zurück. Ich nehme an, Sie haben Ihrer Frau die Neuigkeit mitgeteilt?«

»Das hat meine Tochter gemacht. Schon an der Haustür hat sie meine Hand losgelassen und ist in die Küche gerannt.«

Das Haus roch nach dem Sonntagsbraten, den Gisèle, vor dem offenen Backofen kniend, soeben mit Brühe begoß. Sie aßen jeden Sonntag mit Gewürznelken gespickten Rindsbraten, Erbsen und Kartoffelpüree. Dienstags gab es immer Eintopf. Damals war es ihm nicht bewußt, wie beruhigend diese Traditionen waren.

»Erinnern Sie sich an die Worte Ihrer Tochter?«

»Sie hat aufgeregt gerufen:

›Mama! Eine große Neuigkeit! Nicolas ist gestorben!‹«

»Wie hat Ihre Frau reagiert?«

»Sie hat sich zu mir umgedreht und gefragt:

›Stimmt das, Tony?‹«

Er log schon wieder, das heißt, er verschwieg etwas, und sein Blick wich dem des Richters aus. In Wirklichkeit war Gisèle blaß geworden und hätte beinahe die Holzkelle fallen lassen. Er war nicht weniger verstört als sie. Sie sagte erst einige Zeit später leise vor sich hin, ohne jemanden direkt anzusprechen:

»Erst gestern morgen hat er mich noch bedient...«

Diesen Satz konnte er dem Richter gegenüber wiederholen. Obwohl das darauffolgende Gespräch eigentlich nichts Verdächtiges an sich hatte, zog er es vor, dem Richter nicht davon zu berichten. Marianne hatte sich eingemischt:

»Darf ich mit auf die Beerdigung?«

»Kinder gehen nicht auf Beerdigungen.«

»Josette ist auch gegangen.«

»Weil ihr Großvater beerdigt wurde.«

Sie war ins Nebenzimmer gegangen, um zu spielen, und da hatte Gisèle, ohne ihren Mann anzusehen, gesagt:

»Was wird Andrée jetzt tun?«

»Keine Ahnung.«

»Mußt du nicht einen Kondolenzbesuch machen?«

»Nicht heute. Dazu ist es am Morgen der Beerdigung noch früh genug.«

»Es ist wohl gestern abend oder heute nacht passiert?«

Den ganzen Tag über war sie nicht wie sonst gewesen.

»Und die Tage darauf?« fragte der Untersuchungsrichter weiter.

»Ich war fast die ganze Zeit außer Haus.«

»Sie haben nicht versucht herauszufinden, unter welchen Umständen Nicolas gestorben ist?«

»Ich hab keinen Fuß in das Dorf gesetzt.«

»Auch nicht, um Ihre Post zu holen?«

»Ich bin nicht weiter als bis zur Post gegangen.«

Diem sah in seinen Akten nach.

»Ich sehe hier, daß das Lebensmittelgeschäft zwar an Allerheiligen geschlossen, aber an Allerseelen morgens wieder geöffnet war.«

»Das ist im Dorf so üblich.«

»Wer stand hinter dem Ladentisch?«

»Ich weiß es nicht.«

»Ihre Frau hat an diesem Tag keine Einkäufe bei den Despierres gemacht?«

»Ich kann mich nicht erinnern. Wahrscheinlich schon.«

»Aber sie hat Ihnen nichts erzählt?«

»Nein.«

Er wußte nur, daß es geregnet hatte und daß der Wind die Bäume schüttelte, und Marianne war quengelig gewesen wie jedesmal, wenn sie wegen schlechten Wetters nicht draußen spielen konnte.

»Ich werde Ihnen sagen, was im Lebensmittelgeschäft vor sich gegangen ist. Seit mehreren Tagen war Nicolas Despierre nervös und schweigsam gewesen, was im allgemeinen einen Anfall ankündigte.

Zu solchen Zeiten nahm er jeden Abend eine Bromkapsel auf Anordnung von Doktor Riquet, der uns das bestätigt hat.

Am 31. Oktober gegen acht Uhr abends besuchte ihn nach dem Essen seine Mutter, während Andrée das Geschirr spülte, und sie klagte, daß sie wahrscheinlich die Grippe bekäme.«

Die Geschichte war Tony bekannt, er hatte davon gehört.

»Wissen Sie, Monsieur Falcone, daß Doktor Riquet an jenem Abend ausnahmsweise bis zum nächsten Vormittag nicht in Saint-Justin war, weil er nach Niort gefahren war, um eine kranke Schwester zu besuchen?«

»Das hab ich nicht gewußt.«

»Ich nehme an, er behandelte auch Ihre Familie. Sie wissen also, daß er praktisch nie wegging und auch keinen Urlaub machte. Am Tag zuvor war er gegen Mittag zu Nicolas in den Lebensmittelladen gegangen, um ihm mitzuteilen, daß er verreisen würde.«

Mit seinem struppigen Bart sah der Arzt wie ein Pudel aus. Er spielte gern im Café de la Gare eine Partie Karten und genehmigte sich ein paar Schoppen.

»Dazu kommt, daß Madame Despierre während seiner Abwesenheit die Grippe hatte. Merken Sie, worauf ich hinauswill? Um drei Uhr morgens hat Ihre Freundin Andrée beim Arzt angerufen, als ob sie nicht wüßte, daß er fort war. Es war nur die Haushälterin am Apparat, denn Madame Riquet hatte ihren Mann begleitet.

Anstatt einen Arzt aus Triant kommen zu lassen, ist sie im Morgenrock zu ihrer Schwiegermutter auf der andern Seite des Gartens gelaufen, um sie aufzuwecken, und als die beiden Frauen ins Schlafzimmer kamen, war Nicolas tot.«

Er hörte verlegen zu und wußte nicht, wie er sich verhalten sollte.

»Madame Despierre hielt es nicht für nötig, einen Arzt aus einem anderen Dorf kommen zu lassen, da es ja auf jeden Fall zu spät war. Doktor Riquet kam erst am nächsten Morgen um elf Uhr. Angesichts der Krankengeschichte des Verstorbenen hat er ihn kaum untersucht, bevor er den Totenschein ausstellte. Die medizinischen Gründe, die er später darlegte, hätten wohl neunzig Prozent seiner Kollegen veranlaßt, an seiner Stelle genauso zu handeln.

Nichtsdestoweniger liefen schon am nächsten Tag Gerüchte durchs Dorf. Sie wußten nichts davon?«

»Nein.«

Diesmal war er aufrichtig. Erst viel später erfuhr er zu seinem Erstaunen, daß damals in Saint-Justin sein Name bereits mit dem Andrées in Zusammenhang gebracht worden war.

»Sie kennen das Leben auf dem Land besser als ich, Monsieur Falcone. Es kann Sie also nicht wundern, daß solche Gerüchte den Betroffenen selten, der Polizei oder den Behörden fast nie zu Ohren kommen.

Erst nach Monaten und nach weiteren Ereignissen haben sich die Zungen gelöst. Und selbst dann noch war es für Kommissar Mani und mich sehr mühsam, zuverlässige Aussagen zu bekommen.

Es ist uns mit viel Geduld gelungen, und ich habe hier umfangreiche Akten, die auch Ihrem Anwalt zugegangen sind. Maître Demarié hat Ihnen sicher davon erzählt.«

Er nickte mit dem Kopf. Eigentlich verstand er noch nicht ganz. Elf Monate lang hatten Andrée und er alle erdenklichen Vorsichtsmaßnahmen ergriffen, damit niemand etwas von ihrem Verhältnis erfuhr.

Tony vermied es nicht nur nach Möglichkeit, das Lebensmittelgeschäft zu betreten, sondern wandte sich, wenn es denn sein mußte, an Nicolas und nicht an seine Frau. Wenn er ihr auf dem Markt von Triant in der Menge begegnete, grüße er sie nur mit einer vagen Geste.

Nach ihrem Zusammentreffen auf der Straße im September hatten sie sich ausschließlich im blauen Zimmer wiedergesehen, sie waren immer getrennt, jeder durch eine andere Tür, hineingegangen, und jeder hatte sein Auto ein gutes Stück vom Hotel entfernt stehenlassen.

Weder sein Bruder noch seine Schwägerin hatten etwas ausgeplaudert, davon war er überzeugt. Nicht weniger vertraute er auf die Verschwiegenheit von Françoise.

»Man brachte Sie so sehr miteinander in Verbindung, daß alle Sie auf der Beerdigung beobachteten und Ihre Frau mitleidig ansahen.«

Er hatte es gefühlt und war darüber erschrocken.

»Es ist schwer herauszufinden, wie solche Gerüchte entstehen, aber sobald sie in Umlauf sind, lassen sie sich nicht mehr aufhalten. Zuerst wurde geflüstert, Nicolas sei gerade zur rechten Zeit gestorben und seine Frau sei sicher erleichtert.

Dann fiel jemandem die Abwesenheit des Arztes in jener Nacht auf, eine wie von der Vorsehung bestimmte Abwesenheit für jemanden, der sich des Lebensmittelhändlers entledigen und den Eindruck erwecken wollte, daß er einem seiner Anfälle zum Opfer gefallen war.

Hätte man Doktor Riquet früher kommen lassen, als Nicolas noch am Leben war, so hätte er ohne Zweifel eine andere Diagnose gestellt.«

Das stimmte alles, er konnte nichts erwidern.

»Man hat auch sehr wohl bemerkt, daß Sie bei der Beerdigung in der letzten Reihe standen, wie um den größtmöglichen Abstand von Ihrer Geliebten zu halten. Dieses Verhalten wurde von einigen als List angesehen.«

Er wischte sich mit dem Taschentuch übers Gesicht, der Schweiß lief ihm herunter. Monatelang hatte er sein Leben gelebt, ohne zu ahnen, daß ihm nachspioniert wurde, daß jeder in Saint-Justin wußte, daß er der Liebhaber von Andrée war, und jeder sich fragte, was wohl geschehen würde.

»Seien Sie ehrlich, Falcone, glauben Sie denn, daß Ihre Frau weniger gut informiert war als die andern und daß sie nicht wie die andern auf etwas gefaßt war?«

Er schüttelte kraftlos den Kopf, er war seiner selbst nicht mehr sicher.

»Angenommen, sie hätte um Ihr Verhältnis mit Andrée gewußt, hätte sie mit Ihnen darüber gesprochen?«

»Vielleicht nicht.«

Ganz bestimmt nicht. Das war nicht ihre Art. Sie hatte ja auch nie auf andere Abenteuer angespielt, die ihr durchaus bekannt waren.

Um nichts auf der Welt hätte er diesen Winter noch einmal erleben wollen, und dabei hatte er nie so stark wie damals das Gefühl gehabt, zu seiner Familie zu gehören, das Gefühl, daß sie zu dritt waren, daß sie zusammengehörten. Es war ein fast animalisches Gefühl von Intimität gewesen, so als würde er mit seinem Weibchen und seinem Jungen in der Tiefe seines Baues hausen.

Die Atmosphäre in dem Haus, für das sie so heitere Farben ausgesucht hatten, war düster und bedrückend geworden. Er riß sich nur widerwillig von zu Hause los, wenn seine Geschäfte es erforderten, denn er ahnte eine Gefahr, ein Ereignis, das während seiner Abwesenheit eintreten konnte.

»Sie haben Ihre Geliebte während des ganzen Winters nicht mehr getroffen, Monsieur Falcone?«

»Ich hab sie vielleicht von weitem gesehen. Ich schwöre Ihnen, ich hab sie kein einziges Mal angesprochen.«

»Sie haben sich nicht mehr bei Ihrem Bruder mit ihr verabredet?«

»Das schon gar nicht.«

»Hat sie Ihnen nicht mehrmals das Zeichen gegeben?«

»Ich hab es nur einmal gesehen. Vor allem am Donnerstag hab ich die Rue Neuve gemieden.«

»Und doch waren Sie an einem Donnerstag dort. Zu welcher Zeit?«

»Anfang Dezember. Ich war unterwegs zum Bahnhof und hab die kürzeste Strecke gewählt. Ich war überrascht, als ich das Handtuch am Fenster sah, und hab mich gefragt, ob es Absicht war.«

»Sie sind an diesem Tag nicht nach Triant gefahren?«

»Nein.«

»Haben Sie den 2 CV vorbeifahren sehen?«

»Nicht auf dem Hinweg. Auf dem Rückweg. Ich war in meinem Büro, als ich Andrée zwei- oder dreimal hupen gehört habe, was offenbar für mich bestimmt war.«

»Ihr Bruder hat Ihnen von ihrem Besuch erzählt?«

»Ja.«

»Er hat Ihnen berichtet, daß sie direkt ins blaue Zimmer hinaufgegangen ist, daß sie sich nach der Aussage von Françoise ausgezogen und Sie über eine halbe Stunde auf dem Bett erwartet hat?«

»Ja.«

»Was sollte Françoise Ihnen von ihr ausrichten?«

»Daß sie unbedingt mit mir reden müsse.«

»Hat Françoise Ihnen den Zustand geschildert, in dem sie sich nach dieser halbstündigen Wartezeit befand?«

»Sie hat mir gestanden, daß Andrée ihr angst gemacht hat.«

»Warum?«

»Das hat sie mir nicht erklären können.«

»Sie haben mit Ihrem Bruder darüber gesprochen?«

»Ja. Er hat mir geraten, Schluß zu machen. Genau die Worte hat er gebraucht. Ich habe ihm geantwortet, daß das schon längst geschehen sei. Darauf hat er erwidert: ›Für dich ist es vielleicht zu Ende. Für sie nicht!‹«

Die Regengüsse hatten bis Mitte Dezember angehalten und die tiefer gelegenen Wiesen überschwemmt, dann war es ziemlich kalt geworden, und am 20. oder 21. hatte es geschneit. Marianne konnte sich vor Freude kaum fassen und rannte jeden Morgen ans Fenster, um sich zu vergewissern, daß der Schnee nicht geschmolzen war.

»Ich möcht so gern, daß er bis Weihnachten hält!«

Sie hatte noch nie das Glück gehabt, weiße Weihnachten zu erleben. In den vorhergehenden Jahren hatte es geregnet oder gefroren.

Jetzt, da sie groß war, wie sie stolz sagte, seitdem sie in die Schule ging, half sie ihrem Vater den Christbaum schmücken. Sie stellte die Hirten und Schafe aus Gips um die Krippe herum auf.

»Sie behaupten, nichts von dem gewußt zu haben, was bei den Despierres vorging?«

»Ich hab von meiner Frau erfahren, daß die Mutter wieder ihren Platz im Laden eingenommen hatte, aber daß die beiden Frauen immer noch nicht miteinander redeten.«

»War nicht von einem Prozeß die Rede?«

»Ich hab in einem Café ein Gespräch darüber gehört.«

Sein Beruf zwang ihn, einen Teil seiner Zeit in den kleinen Cafés im Dorf zu verbringen. Sie waren meistens schlecht beleuchtet, und die Männer saßen stundenlang unbeweglich vor ihrem Schoppen und diskutierten dabei immer lauter. Es gab sechs Cafés in Saint-Justin, drei davon hatten allerdings nur an Markttagen Gäste.

»Dachten auch Sie, daß sie vor Gericht gehen würden?«

»Ich sage Ihnen doch, Herr Richter, ich hab mich nicht damit beschäftigt.«

»Sie waren immerhin in dieser Angelegenheit auf dem laufenden?«

»Wie jedermann. Es wurde behauptet, daß die alte Despierre, so schlau sie auch war, ein schlechtes Geschäft gemacht hat und daß Andrée am Ende im Vorteil sein würde.«

»Sie wußten nicht, ob das stimmte?«

»Wie hätt ich es wissen sollen?«

»Ihre Geliebte hat Ihnen im Verlauf Ihres elfmonatigen Verhältnisses nicht anvertraut, daß sie mit ihrem Gatten in Gütergemeinschaft lebte?«

»Wir haben nie über ihre Ehe gesprochen.«

Sie hatten tatsächlich sehr wenig gesprochen, und sie wären besser beraten gewesen, wenn sie ganz geschwiegen hätten. So kam der Richter Diem noch einmal auf den letzten Donnerstag im blauen Zimmer zurück.

»Trotzdem haben Sie über Ihrer beider Zukunft gesprochen.«

»Es waren zusammenhanglose Sätze, die wir nicht ernst nahmen.«

»Auch Andrée nicht? Sind Sie dessen sicher? Darf ich Sie daran erinnern, daß sie zwei Monate vor dem Tod ihres Mannes dieses Ereignis ins Auge faßte.«

Er wollte widersprechen, aber Diem fuhr fort:

»Vielleicht drückte sie sich nicht genau aus. Nichtsdestoweniger spielte sie auf sein Verschwinden an, als sie sich danach erkundigte, wie Sie sich verhalten würden, wenn sie frei wäre.«

Er hätte alles darum gegeben, einen Arm, ein Bein, ein Auge, wenn gewisse Worte niemals ausgesprochen worden wären. Er schämte sich, daß er sie ohne Widerspruch angehört hatte, er haßte den Tony vor dem Spiegel, der sich das Blut von der Lippe abtupfte, stolz darauf, nackt in einem Sonnenstrahl zu stehen und ein schöner Mann zu sein, der bewundert wurde, stolz darauf, daß sein Samen aus der Scham eines Weibes floß.

»Möchtest du immer mit mir zusammenleben?«

Und ein wenig später:

»Blutest du noch?«

Sie freute sich darüber, daß sie ihn gebissen hatte, daß sie ihn zwang, beim Heimkommen seiner Frau und seiner Tochter die Spuren ihrer wilden Spiele zu zeigen!

»Was sagst du, wenn sie dich fragt?«

Sie, das war Gisèle, und er sprach so obenhin von ihr, als ob sie gar nicht wichtig wäre.

»Ich sag ihr, daß ich mich gestoßen habe, an der Windschutzscheibe zum Beispiel, weil ich zu scharf gebremst habe.«

Er wußte sehr wohl, daß dieser Satz Verrat war, so daß er in seiner Erklärung die Windschutzscheibe durch einen Pfosten ersetzte, als Marianne und nicht Gisèle auf seine geschwollene Lippe hinwies.

»Möchtest du dein ganzes Leben mit mir verbringen?«

Was wäre geschehen, wenn der Zug – wie um ihn zu

warnen – nicht gepfiffen hätte, als sie mit ihrer kehligen Stimme sagte:

»Sag, Tony, wenn ich frei wäre …«

Wie er diese Worte jetzt verabscheute!

»Würdest du dich auch frei machen?«

Konnte er dem Richter gestehen, daß ihm diese Sätze den ganzen Winter hindurch in den Ohren geklungen hatten, daß sie ihm bei Tisch einfielen und in der Küche mit den beschlagenen Fensterscheiben, ja, daß er sie in dem Augenblick zu sich selbst sagte, als seine Tochter unter dem Weihnachtsbaum ihre Spielsachen entdeckte?

»Das Lebensmittelgeschäft in der Rue Neuve«, fuhr Diem unerbittlich fort, »die Häuser, die Höfe, der Weiler La Guipotte gehören heute den beiden Frauen. Andrée Despierre hat das Recht zu verlangen, daß der gesamte Besitz öffentlich versteigert wird, damit sie ihre Erbschaft antreten kann.«

Er ließ ein langes Schweigen folgen.

»In Saint-Justin wurde viel darüber geredet, nicht wahr?«

»Ich glaub schon.«

»Die alte Despierre war doch angeblich dagegen, einen Teil ihres Besitzes in fremde Hände fallen zu lassen? War nicht das der Grund, daß sie wieder in den Laden ging, zu einer Schwiegertochter, die sie verabscheute und mit der sie kein Wort mehr sprach? Die Entscheidung hing von Andrée ab. Und die Entscheidung Andrées hing von der Ihren ab …«

Er konnte sich nicht mehr beherrschen, er sprang auf und öffnete den Mund, um zu protestieren.

»Ich wiederhole ja nur, was von Mund zu Mund ging. Das ist es doch, weshalb man Sie beobachtete, sich fragte, welche Stellung Sie beziehen würden. Die alte Despierre gehört eben zum Dorf, auch wenn man ihr Geiz und Härte vorwirft.

Das hochmütige Auftreten von Andrée dagegen mochte niemand, sie wurde nur wegen des Andenkens an ihren Vater geduldet.

Was Sie betrifft, so sind Sie nicht nur Ausländer, Sie sind auch zehn Jahre lang fort gewesen, und die Leute haben sich gefragt, warum Sie zurückkamen.«

»Worauf wollen Sie hinaus?«

»Auf nichts Bestimmtes. Man konnte auf alles wetten. Viele erwarteten, daß Andrée trotz allem eine Versteigerung veranlassen würde, notfalls mit Hilfe der Gerichte, und daß sie, wenn sie das Geld erst einmal in Händen hätte, Saint-Justin in Ihrer Begleitung verlassen würde.

Wer am meisten bedauert wurde, war Ihre Frau, obwohl sie ziemlich wenig Kontakt zu den Einwohnern hatte. Wissen Sie, wie manche sie nannten? *Die kleine sanfte Frau, die sich so viel Mühe gibt.*«

Diem lächelte und legte einen Zeigefinger auf seine Akten.

»Alles, was ich Ihnen heute erzähle, steht hier, schwarz auf weiß. Schließlich haben alle ausgesagt. Ihr Anwalt, ich sage es noch einmal, besitzt eine Kopie davon. Er hätte bei diesen Verhören dabeisein können. Er hat es mit Ihrer Einwilligung vorgezogen, Sie sich selbst zu überlassen.«

»Ich hab ihn darum gebeten.«

»Ich weiß. Ich verstehe allerdings nicht weshalb.«

Wozu erklären, daß ihn beim Beichten die Anwesenheit des Priesters hinter dem Gitter nicht störte, daß ihn aber eine dritte Person hätte verstummen lassen? Diem wußte das trotz seiner gespielten Verwunderung so gut, daß er seinen Gerichtsschreiber wegschickte, wenn er auf einen heiklen Punkt, ein intimes Thema zu sprechen kam.

»Und nun, Monsieur Falcone, kommen wir zu den beiden letzten Briefen, dem von Ende Dezember und dem vom 20. Januar.«

5

Auch sein Anwalt hatte sich darauf versteift, mit ihm über die Briefe zu sprechen.

»Warum gestehen Sie in diesem Punkt nicht wie in allen anderen die Wahrheit? Es gilt als sicher, daß Sie die Briefe erhalten haben. Es ist einfach nicht vorstellbar, daß der Posthalter von Saint-Justin sie erfunden hat.«

Er wiederholte wie ein kleiner Junge, der gelogen hat und aus Stolz an seiner Lüge festhält:

»Ich weiß nicht, worum es sich handelt.«

Es war nicht Stolz, eher ein letzter Rest von Treue zu dem blauen Zimmer. Er hatte nie vorgehabt, Andrée zu heiraten. Auch wenn sie beide frei gewesen wären, wenn weder sie noch er verheiratet gewesen wäre, wäre er nicht auf den Gedanken gekommen, sie zur Frau zu nehmen.

Warum? Er hatte keine Ahnung.

»Geben Sie doch zu, daß ihre Leidenschaft Sie erschreckte«, hatte ihm Professor Bigot nahegelegt. »Es muß an jenem Septemberabend am Waldrand ein Schock für Sie gewesen sein, als Sie entdeckten, daß die gelassene und hochmütige Frau, die Sie ›die Statue‹ nannten, sich in ein entfesseltes Weib verwandeln konnte.«

»Es hat mich überrascht.«

»Wahrscheinlich hat es Ihnen auch geschmeichelt. Aus

den Ereignissen scheint ja hervorzugehen, daß sie aufrichtig war, als sie behauptete, daß sie Sie seit der Schulzeit geliebt hat.«

»Ich hab mich ein bißchen verantwortlich gefühlt.«

»Verantwortlich für diese Leidenschaft?«

»Das ist nicht das richtige Wort. Es schien mir, daß ich ihr etwas schuldig war. Entschuldigen Sie den Vergleich, er stimmt nicht ganz: Wenn sich eine verirrte Katze an Ihre Fersen heftet und flehentlich miaut und nicht mehr von Ihrer Schwelle geht, fühlen Sie sich für das verantwortlich, was ihr zustoßen könnte.«

Bigot schien zu verstehen. Die Unterredung hatte in der zweiten oder dritten Woche von Tonys Aufenthalt im Gefängnis stattgefunden. Als man ihn zum ersten Mal von dort abgeholt hatte, um ihn ins Gerichtsgebäude zu bringen, waren wegen der Journalisten, der Fotografen und der Schaulustigen, die sich auf der großen Treppe drängten, außerordentliche Vorsichtsmaßnahmen getroffen worden.

Als er gerade in das Gefängnisauto einsteigen wollte, gab es einen Anruf der Staatsanwaltschaft, der Gefängnisdirektor eilte davon, und man brachte ihn für fast eine Stunde in seine Zelle zurück.

Als man ihn wieder holte, umringten ihn keine Gendarmen mehr, er wurde nur von Kommissar Mani und von einem Polizisten in Zivil begleitet. Das Gefängnisauto stand nicht mehr im Gefängnishof, man hatte es mit irgendwelchen anderen Angeklagten vorausgeschickt, um die Menge zu täuschen.

Er setzte sich in ein gewöhnliches Zivilfahrzeug, das hinter dem Gerichtsgebäude vor einer kleinen Tür stand.

Das war zwei Wochen lang so gegangen. Die von der Presse aufgehetzte Bevölkerung war wütend auf ihn gewesen und hatte gedroht, ihn anzugreifen.

Jetzt, nach zwei Monaten, hatten die meisten Reporter aus Paris und aus den großen Städten Poitiers verlassen und überließen es den Lokalkorrespondenten und Agenturvertretern, die Ereignisse weiterzuverfolgen.

In Zeitschriften und in der Wochenschau im Kino hatte er manchmal Angeklagte gesehen, die sich unter Polizeischutz durch die Menschenmenge zum Eingang eines Gerichtsgebäudes oder eines Gefängnisses drängten und dabei versuchten, ihr Gesicht zu verbergen.

Nun war er in dieser Rolle, nur daß er nicht sein Gesicht verhüllte. Hatte er wie die anderen den Blick von jemandem, der nicht mehr zur menschlichen Gesellschaft gehört und sich fragt warum?

Er bewahrte Ruhe. Er stand nicht wie ein gehetzter Mann vor dem Untersuchungsrichter. Beim Beantworten der Fragen tat er sein Möglichstes, wie ein guter Schüler, er versuchte Sympathie zu erwecken, indem er aufrichtig und genau antwortete, außer wenn es sich um die Briefe handelte. Er war überzeugt, daß er in endlose Verwicklungen hineingezogen würde, wenn er in diesem Punkt nachgab.

Den Brief vom Dezember hatte er am Tag vor Neujahr bekommen. Der gefrorene Schnee knirschte unter den Füßen. Man rief den Leuten, denen man begegnete, bereits zu:

»Ein gutes neues Jahr!«

»Viel Glück im neuen Jahr!«

Der Himmel war klar, die Luft frisch und trocken. In der

Rue Neuve hatten Kinder eine Rutschbahn gemacht, die sie der Reihe nach entlangschlitterten. Der Posthalter hatte sich jeder Bemerkung enthalten, als er Tony die Post gab, die dieser gewöhnlich in einer Ecke des Postamtes flüchtig durchlas.

VIEL GLÜCK ZU UNSEREM NEUEN JAHR.

Heftiger als bei den anderen Briefen spürte er den Stich, den Krampf in der Brust. Er witterte in dieser Botschaft eine geheime Drohung. Die Worte waren bewußt so gewählt, das war klar. Er bemühte sich, sie zu deuten. Enthüllte nicht das »unserem« Andrées innerste Gedanken?

Diesen Neujahrsglückwunsch hatte er verbrannt, denn der Orneau mit seinen vereisten Ufern führte fast kein Wasser mehr.

Am nächsten Morgen waren sie zu dritt zum alten Angelo gegangen, um ihre Glückwünsche zu überbringen. Sein Vater sagte fast kein Wort und vermied es, Marianne anzusehen, Tony glaubte zu wissen warum. Erinnerte sie ihn nicht an seine tote Tochter und an seine tote Frau?

Am Nachmittag besuchten sie wie jedes Jahr seinen Bruder, der im Hotel und im Café den Betrieb aufrechtzuerhalten hatte.

Frühmorgens hatte er seine Frau allein in der Küche vorgefunden, sie in die Arme genommen und ihren Kopf eine Weile an seine Schulter gelehnt.

»Viel Glück zum neuen Jahr, Gisèle.«

Hatte sie gespürt, daß er es mit größerer Innigkeit tat als

sonst? Hatte sie begriffen, daß er beunruhigt war und nicht an ein glückliches Jahr zu glauben wagte?

»Viel Glück zum neuen Jahr, Tony.«

Sie hatte ihn darauf lächelnd angesehen, aber da sie nie richtig lächelte, hatte es ihn eher wehmütig als froh gestimmt.

Seit Marianne zur Schule ging, aßen sie allein zu Mittag, er und seine Frau. Viele Kinder kamen von kilometerweit entfernten Höfen zur Schule und hätten zu wenig Zeit gehabt, um zum Mittagessen nach Hause zu gehen. So hatte der Lehrer eine Kantine eingerichtet, und Marianne war von der Schule so begeistert, daß sie ihre Eltern anflehte, sie dort essen zu lassen.

»Das geht vorbei. Ich bin überzeugt, daß sie nächstes Jahr anderer Meinung ist.«

Es fiel Tony nicht immer leicht, Gisèle gegenüberzusitzen und sich seine Beklommenheit nicht anmerken zu lassen. Worüber sprachen sie? Beide fürchteten die Stille, sie unterhielten sich über irgendein Thema, sagten gezwungen bedeutungslose Dinge und fuhren zusammen, wenn sie plötzlich von der Leere überrascht wurden.

Der letzte Brief verschlimmerte die Lage noch mehr. Es war beinahe ein Befehl, den Andrée ihm gab, und gleichzeitig eine Mahnung an das, was sie als Versprechen betrachtete. Der Text bestand nur aus zwei Worten und war in Großbuchstaben über die ganze Seite geschrieben:

NUN DU!

Er hatte den Umschlag wie immer im Postamt geöffnet, auf dem Pult mit der violetten Tinte und der zerbrochenen Feder, mit den Telegramm- und Anweisungsformularen. Er hätte später nicht mehr sagen können, wie er sich verhalten hatte, zweifellos merkwürdig, denn Monsieur Bouvier hatte hinter seinem Schalter besorgt gefragt:

»Schlechte Nachrichten, Tony?«

Und der Posthalter erklärte bei der Untersuchung:

»Ich hab ihn noch nie so gesehen. Er wirkte wie einer, der soeben zum Tod verurteilt worden ist. Er hat mich angeschaut, ohne zu antworten, ich weiß nicht mal, ob er mich überhaupt gesehen hat, dann ist er hinausgerannt. Die Tür hat er offengelassen.«

Glücklicherweise hatte er an jenem Tag sein Auto mitgenommen, weil er einige Bauernhöfe besuchen mußte. Mit starrem Blick fuhr er vor sich hin, ohne an die Kunden zu denken, die ihn erwarteten. Er fuhr irgendwohin und versuchte verzweifelt, die beiden Worte auf beruhigende Art zu deuten, aber er wußte genau, daß er sich falsche Hoffnungen machte.

Andrée wollte ganz einfach sagen:

»Jetzt bist du dran!«

»Wenn ich daran denke, wie viele Jahre ich deinetwegen verloren habe...«

Sie war nicht bereit, noch mehr Zeit zu verlieren. Nun hatte sie von ihm Besitz ergriffen und würde endlich den Traum verwirklichen, den sie immer geträumt hatte, als Kind, als junges Mädchen, als Frau.

War es glaubhaft, daß sie so lange auf Tony gewartet hatte und daß nichts sie von ihrer Besessenheit abbringen konnte?

Der Psychiater schien es zu glauben. Vielleicht kannte er ähnliche Fälle.

Sie sagte ganz klar, indem sie ihre Gedanken in zwei kurze Worte zusammenfaßte:

»Ich habe mein Teil getan. Nun bist du an der Reihe.«

Andernfalls? Denn es steckte eine Drohung dahinter. Er hatte nicht widersprochen, als sie hinter seinem Rücken sagte:

»Sag, Tony, wenn ich frei wäre…«

Sie war seit zwei Monaten frei, er wollte gar nicht wissen, aufgrund welcher Umstände. Frei und reich. Sie hatte das Recht, über den Rest ihres Lebens zu verfügen, ohne jemandem darüber Rechenschaft abzulegen.

»Würdest du dich auch frei machen?«

Er hatte nicht geantwortet. Wußte sie nicht im Grunde ihres Herzens, daß er der Antwort absichtlich ausgewichen war? Sicher, da war dieser gellende, wütende Pfiff der Lokomotive gewesen. Andrée konnte sich einbilden, daß er ja gesagt oder mit dem Kopf genickt hatte.

»Nun du!«

Welche Entscheidung erwartete sie von ihm, ohne dabei die Möglichkeit einer Zurückweisung ins Auge zu fassen?

Daß er sich scheiden ließ? Daß er zu Gisèle ging und ihr kurz und bündig erklärte…

Das war undenkbar. Er hatte keinerlei Grund, sich über seine Frau zu beklagen. Er hatte sie sich ausgesucht und wußte warum. Nicht eine Geliebte mit aufgelösten Haaren hatte er heiraten wollen, sondern genau die Frau, die sie war. Ihre Zurückhaltung hatte ihm nicht mißfallen, im Gegenteil.

Man verbringt nicht sein ganzes Leben damit, sich auf einem Bett in einem sonnendurchfluteten Zimmer der Leidenschaft zweier nackter Körper zu überlassen.

Gisèle war seine Gefährtin, sie war die Mutter von Marianne, sie war diejenige, die morgens als erste aufstand und den Herd anzündete, die das Haus sauberhielt und Heiterkeit darin verbreitete und die ihm, wenn er heimkam, keine Fragen stellte.

Sie würden zusammen alt werden und dann einander näher sein, weil sie mehr gemeinsame Erinnerungen hatten. Es war schon vorgekommen, daß Tony sich die Gespräche vorstellte, die sie später führen würden, wenn sich allmählich das Alter bemerkbar machte.

»Erinnerst du dich an deine große Leidenschaft?«

Wer weiß, vielleicht würde Gisèles Lächeln mit den Jahren reifer werden, vielleicht würde ihr Mund sich einmal entspannen? Er würde geschmeichelt und ein wenig verschämt antworten:

»Das Wort ist übertrieben.«

»Du hättest dich sehen sollen, wenn du von Triant zurückgekommen bist.«

»Ich war jung.«

»Zum Glück hab ich dich schon sehr gut gekannt. Ich hatte Vertrauen zu dir. Trotzdem hatte ich manchmal Angst. Vor allem nach dem Tod von Nicolas. Auf einmal war sie frei.«

»Sie hat versucht...«

»Dich zur Scheidung zu bewegen? Im Grunde frage ich mich, ob sie dich nicht mehr geliebt hat als ich.«

Er würde in der Dämmerung ihre Hand nehmen. Denn

in seiner Vorstellung spielte sich die Szene im Sommer vor ihrem Haus bei Einbruch der Nacht ab.

»Sie tut mir leid. Schon damals hat sie mir manchmal leid getan.«

Und jetzt wurde ihm mit zwei Worten befohlen, Gisèle zu verlassen!

»Nun du!«

Je länger er die beiden Worte in seinem Kopf drehte und wendete, desto unheimlicher wurden sie. Andrée hatte sich nicht scheiden lassen. Nicolas war tot. Niemand außer ihr war dabeigewesen, als er im Zimmer über dem Laden im Todeskampf lag. Sie hatte gewartet, bis er nicht mehr am Leben war, bevor sie ans andere Ende des Gartens zu ihrer Schwiegermutter gegangen war, um sie zu benachrichtigen.

Wollte sie wirklich, daß er sich scheiden ließ?

»Nun du!«

Er begann schließlich wütend zu schreien, während er mit seinem Auto durch die Straßen fuhr, ohne zu wissen, wo er sich befand:

»Nun du! Nun du! Nun du...«

Welche Möglichkeiten hatte er, um diesen Alptraum zu verscheuchen? Sollte er zu Andrée gehen, zu ihr nach Hause, und ihr rundweg erklären:

»Ich werde meine Frau nie verlassen. Ich liebe sie.«

»Und mich?«

Würde er den Mut haben, zu antworten:

»Ich liebe dich nicht.«

»Und doch...«

Konnte sie mit ihren herausfordernden Blicken bis auf den Grund seiner Gedanken sehen?

»Und doch hast du es zugelassen, daß ich Nicolas getötet habe.«

Er hatte diesen Verdacht sofort gehabt. Gisèle auch. Und die meisten Einwohner des Ortes. Es war nur eine Vermutung. Man wußte nicht, was geschehen war. Vielleicht hatte sie ihn nur sterben lassen, indem sie ihm keine Hilfe leistete.

Er hatte nichts damit zu tun.

»Andrée, du weißt sehr gut, daß ...«

Er konnte nicht einmal vor ihr fliehen und Saint-Justin mit seiner Familie verlassen. Das Haus, der Schuppen und das Werkzeug waren noch nicht abbezahlt. Er hatte es gerade erst zu einem gewissen Wohlstand gebracht und konnte seiner Familie ein angenehmes Leben ermöglichen.

Es war zusammenhanglos, unwahrscheinlich. Schließlich hielt er vor einem Gasthaus, um etwas zu trinken. Es war so bekannt, daß er nie trank, daß ihn die Frau, die ihn bediente und dabei auf ein am Boden sitzendes Baby aufpaßte, besorgt ansah. Auch sie sollte später aussagen.

Kommissar Mani hatte sich von der Schweigsamkeit der Landbevölkerung nicht abschrecken lassen und so oft nachgebohrt, bis er Erfolg hatte.

»Soll ich Ihnen die Aussage des Posthalters über den letzten Brief vorlesen?«

»Nicht nötig.«

»Sie behaupten, er habe gelogen, er habe den Vorfall mit der offengelassenen Tür erfunden?«

»Ich behaupte nichts.«

»Einer der Bauern, mit dem Sie sich an jenem Vormittag treffen wollten, hat bei Ihnen angerufen, um zu erfahren, ob Sie sich verspätet haben oder nicht kommen würden. Ihre Frau hat geantwortet, Sie seien unterwegs. Stimmt das?«

»Sicher.«

»Wohin sind Sie gefahren?«

»Ich weiß es nicht mehr.«

»Im allgemeinen haben Sie ein erstaunlich gutes Gedächtnis. In der Auberge des Quatre Vents haben Sie nicht etwa Bier oder Wein getrunken, sondern Branntwein. Es kam selten vor, daß Sie Schnaps zu sich nahmen. Sie haben vier Gläser hintereinander geleert, dann haben Sie auf die Uhr hinter der Theke geschaut und waren anscheinend überrascht, daß es schon Mittag war...«

Er war sehr schnell gefahren, um rechtzeitig zum Mittagessen daheim zu sein. Gisèle hatte gemerkt, daß er getrunken hatte. Einen Augenblick lang war er ihr deshalb böse gewesen. Hatte sie das Recht, ihn immerfort zu beobachten, nur weil er sie geheiratet hatte? Er hatte genug von der Herumspioniererei! Sie sagte nichts, das stimmte, aber das war schlimmer, als wenn sie ihm Vorwürfe gemacht hätte.

Er war frei! Er war ein freier Mann! Und ob es seiner Frau gefiel oder nicht, er war das Oberhaupt der Familie. Er war es, der den Lebensunterhalt bestritt, er war es, der rastlos arbeitete, um sie aus ihrer Mittelmäßigkeit zu befreien. Er trug die Verantwortung!

Sie schwieg; er saß am anderen Ende des Tisches und schwieg auch. Manchmal warf er ihr einen flüchtigen Blick zu. Er schämte sich ein bißchen, denn im Grunde wußte er, daß er im Unrecht war. Er hätte nicht trinken sollen.

»Du weißt, es ist nicht meine Schuld. Bei den Kunden kann man schlecht ablehnen.«

»Ach ja, übrigens, Brambois hat angerufen.«

Warum zwang man ihn zu lügen? Es demütigte ihn, erfüllte ihn mit Wut.

»Ich hab keine Zeit mehr gehabt, auf seinen Hof zu fahren, ich bin woanders aufgehalten worden.«

Nun du! Nun du! Nun du!

Da saß sie vor ihm und aß, er wußte nicht einmal was, und bemühte sich, ihn nicht anzusehen, denn sie spürte, daß er gereizt war.

Was erwartete Andrée von ihm? Daß er sie umbrachte?

Das war's! Er war soweit. Endlich wagte er es, den Gedanken ins Gesicht zu sehen, die in seinem Kopf gebrodelt hatten. Hatte ihm nicht Professor Bigot mit seinen vorsichtigen Fragen, die wie ein Bohrer immer ein wenig tiefer gingen, dabei geholfen?

Er hatte ihm natürlich nicht alles gesagt. Er hatte, obwohl es offenkundig war, geleugnet, daß er die Briefe bekommen hatte. Nichtsdestoweniger hatte er sich an jenem Tag die Frage gestellt, als er mit seiner Frau zu Mittag aß – an dem Tag, an dem er die letzte Botschaft bekommen und die vier Gläser Branntwein getrunken hatte, 65prozentigen einheimischen Branntwein, der in der Kehle brannte.

War es das, was Andrée von ihm verlangte? Daß er Gisèle umbrachte?

Schlagartig, ohne Übergang, wurde er sentimental in seiner Trunkenheit. Er war schuldig. Er hatte das Bedürfnis, um Verzeihung zu bitten. Er streckte seine Hand über den Tisch, um die seiner Frau zu ergreifen.

»Hör zu! Du darfst mir nicht böse sein. Ich bin ein bißchen betrunken.«

»Du kannst dich ja nach dem Essen hinlegen.«

»Es ärgert dich, nicht?«

»Aber nein.«

»Doch, ich weiß. Ich verhalte mich nicht so, wie ich sollte.«

Er spürte intuitiv, daß er sich auf ein gefährliches Gebiet begab.

»Bist du mir böse, Gisèle?«

»Warum?«

»Du quälst dich meinetwegen, gib's zu.«

»Ich hab es lieber, wenn du glücklich bist.«

»Und du glaubst, ich bin es nicht? Ist es das? Was fehlt mir denn? Ich hab die beste Frau der Welt, eine Tochter, die ihr ähnlich ist und die ich vergöttere, ein schönes Haus, meine Geschäfte gehen gut. Also warum soll ich nicht glücklich sein, sag? Na gut! Manchmal hab ich Sorgen. Wenn man in La Boisselle in einer Hütte ohne Strom und fließendes Wasser geboren wurde, ist es nicht so leicht, sich selbständig zu machen, wie sich die Leute das vorstellen. Denk nur an den Weg, den ich zurückgelegt habe, seit ich dir in Poitiers begegnet bin. Ich war ja nur ein Arbeiter.«

Er redete und redete, und seine Erregung steigerte sich immer mehr.

»Ich bin der glücklichste Mensch, den es gibt, Gisèle, und wenn einer das Gegenteil behauptet, kannst du ihm von mir ausrichten, daß er lügt. Der glücklichste Mensch, den es gibt, hörst du?«

Die Tränen stiegen ihm in die Augen, ein Schluchzen

drohte aus seiner Kehle aufzusteigen, und er stürzte in den ersten Stock, wo er sich im Badezimmer einschloß.

Sie hatte ihn nie wieder darauf angesprochen.

»Entschuldigen Sie, daß ich Ihnen die Frage noch einmal stelle, Monsieur Falcone. Es ist das letzte Mal. Haben Sie die Briefe erhalten?«

Tony schüttelte den Kopf, als wollte er damit sagen, daß er nicht anders konnte als leugnen. Diem hatte damit gerechnet und wandte sich an den Gerichtsschreiber.

»Holen Sie bitte Madame Despierre.«

Wenn Tony zusammenzuckte, so war es kaum wahrnehmbar. Jedenfalls ließ er nicht die Erregung erkennen, die der Richter erwartet hatte. Das kam daher, daß jedermann in Saint-Justin mit Madame Despierre Nicolas' Mutter und nicht seine Frau meinte; niemandem wäre es eingefallen, diese so zu nennen. Die Schwiegertochter, das war Andrée oder, für die Älteren, auch die junge Formier.

Er fragte sich, wie die Zeugenaussage der alten Ladenbesitzerin die Geschichte mit den Briefen aufklären konnte. Der Gedanke, ihr gegenübertreten zu müssen, war ihm unangenehm, mehr nicht. Er hatte sich mechanisch erhoben, nun stand er da und wartete, halb zur Tür gewandt.

Und als sie sich öffnete, stand er Andrée gegenüber. Ein korpulenter, nach Lebemann aussehender Herr folgte ihr sowie einer der Gendarmen, aber Tony sah nur sie und ihr blasses Gesicht, das in ihrem schwarzen Kleid noch blasser erschien.

Auch sie sah ihn unverwandt an, ruhig, mit einem unbestimmten Lächeln, das ihre Züge weich machte. Man hätte meinen können, daß sie ganz gelassen Besitz von ihm ergriff, daß sie ihn sich einverleibte.

»Guten Tag, Tony.«

Ihre ein wenig rauhe Kehlstimme, die einen einhüllte... Er antwortete nicht:

»Guten Tag, Andrée.«

Das hätte er nicht gekonnt. Er hatte keine Lust dazu. Er grüßte sie mit einer ungeschickten Kopfbewegung und wandte sich zu Diem, wie um ihn um Schutz zu bitten.

»Nehmen Sie ihr die Handschellen ab.«

Sie hielt dem Gendarmen, immer noch lächelnd, ihre Handgelenke hin. Man hörte das zweimalige Klicken, das er so gut kannte.

In Saint-Justin hatte er die wenigen Male, die er sie seit dem Tod von Nicolas gesehen hatte, nicht bemerkt, daß sie Trauerkleidung trug. Ihr Gesicht war im Gefängnis teigig, ihr Körper dicker geworden, gerade soviel, daß ihre Kleider etwas spannten, und zum ersten Mal sah er sie in schwarzen Strümpfen.

Der Wärter ging hinaus, eine Zeitlang herrschte Unschlüssigkeit. Die Sonne schien voll in das viel zu kleine Zimmer, alle blieben stehen. Als erster setzte sich der Gerichtsschreiber am Ende des Tisches wieder hinter seine Papiere, während der dicke Herr, der Andrée begleitete, überrascht feststellte:

»Mein Kollege Demarié ist nicht anwesend?«

»Monsieur Falcone wünscht seine Anwesenheit nicht, es sei denn, er ändert bei dieser Konfrontation seine Meinung. In diesem Fall müßte ich ihn nicht von weit her kommen lassen; er hat mir mitgeteilt, daß er sich bis sechs Uhr im

Gerichtsgebäude befindet. Was meinen Sie, Monsieur Falcone?«

Er fuhr zusammen.

»Wünschen Sie, daß ich Ihren Anwalt rufen lasse?«

»Wozu?«

Nun gingen Richter Diem und Maître Capade zum Fenster, wo sie mit halblauter Stimme einige technische Fragen erörterten. Tony und Andrée standen nach wie vor nur einen Meter voneinander entfernt. Er hätte sie fast berühren können. Sie betrachtete ihn immer noch mit den erstaunten Augen eines Kindes, das endlich ein nicht mehr erhofftes Spielzeug bekommt.

»Tony ...«

Es war kaum ein Flüstern. Nur ihre Lippen bewegten sich, um seinen Namen anzudeuten. Er schaute angestrengt in eine andere Richtung und war erleichtert, als der Richter nach Beendigung seiner Unterredung der jungen Frau einen Stuhl anbot.

»Setzen Sie sich. Sie auch, Monsieur Falcone. Da ist noch ein Stuhl, Herr Rechtsanwalt.«

Als alle saßen, wühlte er in seinen Akten und zog einen kleinen Taschenkalender mit schwarzem Wachseinband hervor, von der Art, wie er bei den Despierres im Laden lag.

»Sie kennen diesen Gegenstand, Madame Despierre?«

»Ich sagte bereits: Ja.«

»Richtig. Ich muß Ihnen einige Fragen stellen, die ich Ihnen schon früher gestellt habe. Ich erinnere Sie daran, daß Ihre Antworten zu Protokoll genommen wurden, was Sie allerdings nicht hindern soll, Ihre Aussagen zurückzunehmen oder sie richtigzustellen.«

Er verhielt sich offizieller als bei Tony, beinahe feierlich, vielleicht weil der Anwalt zugegen war. Er blätterte in dem Büchlein und murmelte:

»Man findet hier vor allem Notizen über zu erledigende Einkäufe, über Termine beim Zahnarzt oder bei der Schneiderin. Der Kalender ist vom letzten Jahr, und die Daten, an denen Sie Tony Falcone getroffen haben, sind mit einem Strich gekennzeichnet.«

Er ahnte nicht, daß dieses Notizbuch eine bedeutende Rolle spielen würde, und auch nicht, daß zumindest ein Anklagepunkt weggefallen wäre, hätte er dessen Inhalt früher gekannt.

»Das letzte Mal habe ich Sie nach der Bedeutung der kleinen Kreise gefragt, die ich hier jeden Monat finde.«

»Ich habe Ihnen geantwortet, daß ich damit die Tage meiner Regel bezeichnet habe.«

Sie sprach ohne falsche Scham darüber. Einige Wochen zuvor waren Tony ebenso intime Fragen gestellt worden.

»In den Augen aller Einwohner von Saint-Justin galt Nicolas als unfruchtbar, wenn nicht gar als impotent«, hatte Richter Diem zu ihm gesagt, »und seine Frau hatte ja auch tatsächlich nach acht Jahren Ehe immer noch kein Kind. Doktor Riquet hat im übrigen diese mutmaßliche Unfruchtbarkeit bestätigt. Sie waren davon unterrichtet?«

»Ich hatte davon gehört.«

»Gut! Ich erinnere Sie nun an Ihren sehr ausführlichen Bericht über Ihre Begegnung vom 2. August in dem sogenannten blauen Zimmer im Hôtel des Voyageurs. Daraus geht hervor, daß Sie bei Ihren Liebesspielen keinerlei Maßnahmen ergriffen, um eine Schwangerschaft zu verhindern.«

Er antwortete nicht, und der Richter fuhr fort:

»Haben Sie sich bei Ihren anderen außerehelichen Abenteuern ebenso verhalten?«

»Ich weiß nicht.«

»Erinnern Sie sich an eine gewisse Jeanne, die bei einem Ihrer Kunden als Bauernmagd angestellt ist? Kommissar Mani hat sie verhört, mit dem Versprechen, daß ihr Name nicht in den Akten stehen und nicht in der öffentlichen Gerichtsverhandlung erwähnt würde. Sie haben dreimal Geschlechtsverkehr mit ihr gehabt. Beim ersten Mal haben Sie ihr während des Akts, als sie Ihnen erschrocken schien, ins Ohr geflüstert:

›Hab keine Angst. Ich höre schon rechtzeitig auf.‹

Ich schließe daraus, daß Sie es immer so hielten. Falls Sie es abstreiten, werde ich andere Personen ausfindig machen lassen, mit denen Sie ein Verhältnis hatten.«

»Ich streite es nicht ab.«

»In diesem Fall erklären Sie mir, warum Sie bei Andrée Despierre, und nur bei ihr, keine der elementarsten Vorsichtsmaßnahmen ergriffen haben?«

»Sie war es, die ...«

»Sie hat die Frage angeschnitten?«

Nein. Aber beim ersten Mal hatte sie ihn in dem Augenblick, als er versuchte, sich aus der Umarmung zu lösen, festgehalten. Er war überrascht gewesen und hätte sie beinahe gefragt:

»Hast du denn keine Angst?«

Am Straßenrand beim Bois de Sarelle hatte er annehmen

können, daß sie zu Hause das Nötige unternehmen würde. Später, im Hôtel des Voyageurs, hatte er festgestellt, daß das nicht der Fall war.

Er begriff den Zusammenhang zwischen der Frage des Richters und der Anklage gegen ihn nicht sofort, aber gleich sollte er ihn verstehen.

»Haben Sie beide sich nicht genau so verhalten, als ob Sie entschlossen gewesen wären, unter allen Umständen zusammenzuleben? Wenn Sie bei Andrée keine Schwangerschaft befürchteten, Monsieur Falcone, bedeutete das nicht, daß diese Schwangerschaft an den Ereignissen nichts geändert hätte, daß sie Sie höchstens gezwungen hätte, den Lauf der Dinge zu beschleunigen?«

Nach diesem Verhör war er völlig vernichtet gewesen und hatte sich gefragt, ob der Richter jemals in seinem Leben eine Geliebte gehabt hatte.

Heute schien Diem auf diese Frage nicht zurückkommen zu wollen.

»Ich sehe hier beim Datum vom 1. September ein Kreuz mit der Ziffer 1. Würden Sie uns bitte sagen, was das bedeutet?«

Immer noch mit derselben Gelassenheit sah sie den Richter und dann Tony an, dem sie aufmunternd zulächelte.

»Es ist das Datum meines ersten Briefes.«

»Wollen Sie uns das genauer erklären? An wen haben Sie an jenem Tag geschrieben?«

»An Tony natürlich.«

»Aus welchem Grund?«

»Seit mein Mann am 2. August mit dem Zug nach Triant gefahren war, wußte ich, daß er Verdacht geschöpft hatte, und ich hab es nicht gewagt, noch mal zu Vincent zu gehen.«

»Sie gaben also nicht mehr das verabredete Zeichen?«

»Genau. Tony war sehr erschrocken, als er Nicolas auf der Place de la Gare bemerkte. Ich wollte nicht, daß er sich weiterhin Sorgen macht und glaubt, die Lage sei dramatisch.«

»Was verstehen Sie darunter?«

»Er hätte ja annehmen können, daß es zwischen Nicolas und mir heftige Auftritte gegeben hat, daß mein Mann seiner Mutter Bescheid gesagt hat und daß sie mir das Leben schwermachen, was weiß ich? Aber es war mir gelungen, für meine Anwesenheit im Hotel einen plausiblen Grund anzugeben.«

»Sie erinnern sich, was Sie geschrieben haben?«

»Ganz genau: ›Alles in Ordnung.‹ Ich habe noch hinzugefügt: ›Hab keine Angst.‹«

Diem wandte sich zu Tony.

»Leugnen Sie noch immer, Monsieur Falcone?«

Andrée sah ihn überrascht an.

»Warum solltest du leugnen? Du hast meine Briefe doch bekommen?«

Er verstand nichts mehr, er fragte sich langsam, ob sie wirklich so ahnungslos war, ob es möglich war, daß sie die Falle nicht witterte, die man ihr stellte.

»Fahren wir fort. Vielleicht werden Sie Ihre Meinung gleich ändern. Ein zweites Kreuz, diesmal am 25. September. Was stand in diesem zweiten Brief?«

Sie brauchte nicht lange nachzudenken. Sie wußte es auswendig, so wie er die Bemerkungen auswendig wußte, die sie am Nachmittag des 2. August im blauen Zimmer gemacht hatten.

»Es war nur ein Gruß: ›Ich vergesse nicht. Ich liebe dich.‹«

»Beachten Sie, daß Sie nach Ihrer eigenen wiederholten Aussage nicht geschrieben haben: ›Ich vergesse *dich* nicht!‹«

»Nein. Ich hatte nicht vergessen.«

»Was hatten Sie nicht vergessen?«

»Alles. Unsre Liebe. Unsre Versprechen.«

»10. Oktober, also zwanzig Tage vor dem Tod Ihres Mannes. In einem früheren Verhör haben Sie den Text dieses dritten Briefes angegeben: ›Bald. Ich liebe dich.‹ Was verstanden Sie unter bald?«

Sie beruhigte Tony mit einem Blick und antwortete, immer noch gelassen:

»Daß wir uns in Kürze wieder würden treffen können.«

»Warum?«

»Ich hatte Nicolas endlich soweit, daß er seinen Verdacht wieder fallenließ.«

»War es nicht eher so, daß Sie wußten, daß er nicht mehr lange leben würde?«

»Ich hab es Ihnen schon zweimal gesagt. Er war Epileptiker, er konnte ebensogut noch jahrelang dahinsiechen wie plötzlich sterben. Das hat Doktor Riquet ein paar Tage vorher nochmals zu uns gesagt, zu seiner Mutter und mir.«

»Bei welcher Gelegenheit?«

»Bei einem Anfall. Sie kamen immer öfter, und gleichzeitig vertrug sein Magen immer weniger.«

Tony hörte verblüfft zu. Zwischendurch verdächtigte er sie allesamt, auch Andrée und ihren Anwalt, der zustimmend nickte, daß sie unter einer Decke steckten, daß sie vorher die Komödie abgemacht hatten, die sie ihm spielen wollten.

Es lagen ihm Fragen auf der Zunge, die eigentlich der Richter hätte stellen müssen, die Diem aber ganz im Gegenteil mit großer Sorgfalt vermied.

»Wir kommen nun zum 29. Dezember. Das neue Jahr steht bevor. Kleines Kreuz in Ihrem Kalender.«

Ohne zu zögern, gab sie den Text ihrer Botschaft wieder:

»Viel Glück zu unserem neuen Jahr.«

Ein wenig Stolz schwang in ihrer Stimme mit, als sie hinzufügte:

»Ich habe lange überlegt. Es klingt vielleicht komisch. Ich wollte betonen, daß dieses Jahr uns gehören würde.«

»Was wollen Sie damit sagen?«

»Sie vergessen, daß Nicolas tot war.«

Sie sprach als erste davon, in aller Natürlichkeit, ohne etwas von ihrer bestürzenden Ruhe zu verlieren.

»Sie wollen sagen, Sie waren frei?«

»Selbstverständlich.«

»Daß es also keinerlei Hindernis mehr gab, daß das kommende Jahr tatsächlich Ihnen gehören würde, Tony und Ihnen?«

Sie bejahte ruhiger und zufriedener denn je. Auch diesmal trieb der Richter sie nicht in die Enge und nahm, anstatt sie weiter auszufragen, einen zweiten, ganz ähnlichen Taschenkalender zur Hand.

Tony wurde erst jetzt gewahr, daß er nicht der einzige war, der in den letzten zwei Monaten zahlreiche Stunden in diesem Raum verbracht hatte. Gewiß, er hatte zehn oder zwölf Tage nach seiner eigenen Festnahme von seinem Anwalt die Verhaftung Andrées erfahren. Man mußte sie also verhört haben. Aber für sein Bewußtsein blieb das theoretisch. Er hatte nicht damit gerechnet, daß ihre Antworten ebensoviel Gewicht haben könnten wie die seinen, wenn nicht gar mehr.

»Es bleibt noch ein Brief, Madame Despierre, der kürzeste, aber der bedeutungsvollste. Er besteht nur aus zwei Worten.«

Andrée stieß es hervor wie eine stolze Herausforderung:

»Nun du!«

»Können Sie uns so genau wie möglich erklären, was Sie damit sagen wollten?«

»Finden Sie die Worte nicht klar genug? Ich war frei, Sie haben es selbst gesagt. Wenn die Trauerzeit vorbei wäre...«

»Einen Augenblick! Haben Sie sich nach dem Tod Ihres Gatten deswegen nicht mehr getroffen, weil Sie in Trauer waren?«

»Zum Teil. Zum Teil auch, weil ich mit meiner Schwiegermutter einen Prozeß führte und unser Verhältnis mir schaden konnte, wenn die Sache vor Gericht kam.«

»Sie haben also nach Allerheiligen das Handtuch nicht mehr aus dem Fenster gehängt?«

»Einmal.«

»Ihr Geliebter kam zu der Verabredung?«

»Nein.«

»Sie sind in das Zimmer hinaufgegangen?«

Sie präzisierte schamlos:

»Ich hab mich ausgezogen wie immer und war überzeugt, daß er kommen würde.«

»Sie hatten mit ihm zu reden?«

»Wenn ich mit ihm zu reden gehabt hätte, hätte ich mich nicht nackt ausgezogen.«

»Sie hatten also kein Problem miteinander zu besprechen?«

»Was besprechen?«

»Unter anderem, wie er sich nun seinerseits frei machen würde?«

»Das war schon längst beschlossen.«

»Seit dem 2. August?«

»Das war nicht das erste Mal.«

»Es war abgemacht, daß er sich scheiden lassen würde?«

»Ich bin nicht sicher, daß das Wort gefallen ist. Ich habe es so verstanden.«

»Falcone, hören Sie das?«

Sie drehte sich zu ihm um und riß die Augen auf.

»Hast du ihnen das denn nicht gesagt?«

Und zum Richter:

»Ich verstehe nicht, was daran so ungewöhnlich ist. Jeden Tag lassen sich Leute scheiden. Wir lieben uns. Ich habe ihn schon geliebt, als ich noch ein kleines Mädchen war. Und in die Heirat mit Nicolas habe ich nur eingewilligt, weil Tony die Gegend verlassen hatte und weil ich überzeugt war, daß er nie mehr zurückkommen würde.

Als wir uns wiedersahen, haben wir beide begriffen, daß wir für immer zusammengehören.«

Es drängte ihn, zu protestieren, aufzustehen und laut zu schreien:

»Nein! Nein! Und wieder nein! Hört auf damit! Das ist alles falsch! Das ist alles gelogen!«

Er blieb auf seinem Stuhl sitzen, zu verblüfft, um einzugreifen. Konnte sie wirklich glauben, was sie da sagte? Sie sprach ganz natürlich, ohne Pathos, als wäre das alles selbstverständlich, als gäbe es keine Tragik, kein Geheimnis.

»Als Sie ihm also schrieben: Nun du!, meinten Sie damit…«

»Daß ich auf ihn warte. Daß es jetzt an ihm liegt, das Nötige zu unternehmen…«

»Die Scheidung einzureichen?«

Zögerte sie absichtlich etwas, bevor sie antwortete?

»Ja.«

Nun warf der Richter Tony einen vertraulichen Blick zu, bevor er Andrée weiter verhörte, als wollte er sagen:

»Hören Sie gut zu. Das wird Sie interessieren.«

Und mit der gewohnten Stimme, ohne eine Spur von Ironie oder Spott, fragte er:

»Dachten Sie nicht an den Kummer von Gisèle Falcone?«

»Sie hätte nicht lange geweint.«

»Woher wissen Sie das? Liebte sie ihren Mann nicht?«

»Nicht so wie ich. Solche Frauen sind zu einer echten Liebe nicht fähig.«

»Und die Tochter?«

»Eben! Sie hätte sich mit der Tochter getröstet. Wenn man den beiden eine kleine Rente ausbezahlt hätte, hätten sie ein ganz gutes Leben führen können.«

»Hören Sie das, Falcone?«

Der Richter bedauerte gewiß, daß er die Dinge so weit getrieben hatte. Tonys Gesichtsausdruck war erschreckend, fast nicht mehr menschenähnlich vor Schmerz und Haß. Er erhob sich langsam von seinem Stuhl, mit versteinerten Gesichtszügen und starren Augen, wie ein Schlafwandler.

Seine Arme, an denen sich unten die Fäuste ballten, wirkten ungewöhnlich lang. Der dicke Anwalt, der sich neugierig zu ihm umgedreht hatte, sprang auf, um sich zwischen ihn und seine Klientin zu stellen.

Diem gab dem Gerichtsschreiber einen gebieterischen Wink, dieser lief zur Tür.

Die Szene schien sehr lange zu dauern, obwohl eigentlich nur ein paar Sekunden verstrichen. Die Gendarmen kamen herein, einer von ihnen legte Tony brutal die Handschellen an. Er wartete auf Befehle. Der Richter zögerte und betrachtete nacheinander seinen Gefangenen und Andrée, die nicht aus der Fassung geriet und lediglich erstaunt schien.

»Ich verstehe nicht, Tony, warum du ...«

Aber auf eine Geste des Richters hin wurde sie abgeführt. Ihr Anwalt hielt sie am Arm und schob sie mit fester Hand zur Tür. Sie drehte sich noch einmal um und sagte:

»Du weißt doch, daß du selber gesagt hast ...«

Der Rest war nicht zu hören, denn die Tür schloß sich hinter ihr.

»Entschuldigen Sie, Falcone, aber ich mußte das tun. Sie werden gleich, sobald der Weg frei ist, zum Gefängnis zurückgebracht.«

Am selben Abend sprach Diem nach dem Essen mit seiner Frau darüber.

»Die heutige Gegenüberstellung war die grausamste meiner ganzen Amtszeit, und ich hoffe, daß ich nie mehr eine so unangenehme Konfrontation veranlassen muß.«

Tony konnte in seiner Zelle die ganze Nacht nicht schlafen.

6

Er verbrachte zwei Tage in einem Dämmerzustand, aus dem er nur von Zeit zu Zeit aufschreckte, wenn ihn ein plötzlicher Anfall von Empörung überkam. Dann lief er in seiner Zelle auf und ab, als ob er sich den Kopf an der Wand zertrümmern wollte.

Es war Wochenende, und sicher waren alle aufs Land gefahren.

Entgegen aller Erwartung hatte er sich von Anfang an mit dem Gefängnisleben abgefunden und befolgte widerstandslos die Befehle und Anweisungen der Wärter.

Erst am dritten Tag fühlte er sich verlassen. Niemand besuchte ihn. Es war keine Rede davon, daß man ihn zum Gericht bringen würde. Er horchte ungeduldig auf das Geräusch von Schritten im Gang und stand jedesmal auf, wenn jemand vor seinem Guckloch stehenblieb.

Erst später bemerkte er, daß auf der Straße alles still war und fast kein Verkehr herrschte, und gegen vier bestätigte ihm einer der Gefängnisaufseher, daß dieser Montag ein Feiertag war.

Am Dienstag dann wurde um zehn Uhr Maître Demarié in seine Zelle geführt, er hatte einen Sonnenbrand. Es verging einige Zeit, bis er die Papiere zurechtgelegt hatte, die er aus seiner Aktentasche zog, bis er sich gesetzt, ihm eine Zigarette angeboten und sich auch eine angezündet hatte.

»Sind Ihnen die drei Tage nicht sehr lang vorgekommen?«

Er räusperte sich, Tony machte keine Anstalten zu antworten und wartete in einer wenig ermutigenden Haltung.

»Ich habe die Abschrift des Protokolls über Ihr letztes Verhör und über die Gegenüberstellung mit Andrée Despierre erhalten.«

Glaubte er an die Unschuld seines Klienten? Mußte er sich erst noch eine Meinung bilden?

»Ich müßte lügen, wenn ich behaupten wollte, daß die Sache gut für uns steht. Diese Briefgeschichte ist fatal und wird auf die Geschworenen einen um so schlechteren Eindruck machen, als Sie ihre Existenz geleugnet haben. Hat die Despierre ihren Wortlaut richtig wiedergegeben?«

»Ja.«

»Ich möchte, daß Sie mir offen eine Frage beantworten. Als Sie sich darauf versteiften, die Existenz der Briefe abzustreiten, obwohl sie erwiesen war, taten Sie es, um Ihre Geliebte nicht zu belasten oder weil Sie die Botschaften für sich selbst als gefährlich betrachteten?«

Wozu es noch einmal versuchen? Die Menschen möchten, daß man in jeder Lage aus einem ganz bestimmten Grund handelt. Als das erste Mal von diesen Briefen die Rede gewesen war, hatte er nicht überlegt und war nicht auf den Gedanken gekommen, daß man den Posthalter verhören würde.

Er hatte erst nach Wochen begriffen, welch unerhörte Aktivität Kommissar Mani und seine Mitarbeiter entfaltet hatten, wie viele Personen sie Tag für Tag zu Hause aufgesucht hatten, bis diese endlich bereit waren zu sprechen.

Gab es auch nur einen Einwohner in Saint-Justin, einen einzigen Bauern in der Umgebung, irgendeinen, der regelmäßig die Märkte besuchte, vor allem den in Triant, der nicht etwas zu sagen hatte?

Auch die Reporter hatten sich eingemischt, und die Zeitungen hatten spaltenlange vertrauliche Aussagen gebracht.

»Ich habe Diem kurz getroffen. Er hat mir zu verstehen gegeben, daß Ihnen die Gegenüberstellung außerordentlich unangenehm gewesen ist. Anscheinend haben Sie zuletzt die Fassung verloren. Dagegen hat Andrée die ganze Zeit eine ruhige Zuversichtlichkeit an den Tag gelegt. Ich nehme an, daß sie diese Haltung auch vor dem Schwurgericht einnehmen wird.«

Demarié gab sich Mühe, ihn aus seiner Apathie aufzurütteln.

»Ich habe versucht herauszufinden, wie der Richter die Dinge sieht, wenngleich sein Einfluß durchaus nicht ausschlaggebend ist, sobald die Untersuchung erst einmal ihren Abschluß gefunden hat. Er macht kein Hehl daraus, daß er eine gewisse Sympathie für Sie hegt. Trotzdem möchte ich schwören, daß es ihm in der Zeit von fast zwei Monaten, in der er Sie beobachtet hat, nicht gelungen ist, sich eine Meinung zu bilden.«

Wozu das Gerede, die belanglosen Worte?

»Zur Sache! Am Freitag abend habe ich bei Freunden bei einer Bridgepartie zufällig auch Bigot getroffen. Er hat mich beiseite genommen und mir eine ziemlich merkwürdige Entdeckung mitgeteilt, die unglücklicherweise zu spät kommt.

Sie haben zwar zugegeben, daß Sie bei Andrée nicht Ihre sonst üblichen Vorsichtsmaßnahmen trafen, daß auch sie nichts dergleichen unternahm und daß Sie das nicht beunruhigte. Woraus die Geschworenen schließen werden, daß Sie keine Angst vor einer Schwangerschaft hatten.«

Tony hörte neugierig zu, gespannt, wie es weitergehen würde.

»Andrée schrieb die Daten ihrer Regel in ihren Kalender, das wissen Sie. Bigot hat sie aus Neugierde mit den Daten Ihrer Verabredungen verglichen, die Sie in Triant während Ihres elfmonatigen Verhältnisses hatten. Diem hatte nicht daran gedacht. Ich auch nicht, das muß ich zugeben.

Wissen Sie, womit diese Daten zusammenfallen? Ausnahmslos und ohne Abweichung mit den Zeiten, in denen Ihre Geliebte nicht schwanger werden konnte.

Anders ausgedrückt, Andrée Despierre ging kein Risiko ein, ein Detail, das ohne Ihre vorausgegangenen Erklärungen zu Ihren Gunsten gesprochen hätte. Ich werde das Argument trotzdem bringen, aber es wird weniger Gewicht haben.«

Tony fiel in seine Gleichgültigkeit zurück, und der Anwalt beharrte nicht länger auf dem Thema.

»Ich nehme an, Sie werden heute nachmittag zum Gericht gebracht.«

»Andrée auch?«

»Nein. Diesmal sind Sie allein. Sie wünschen meine Anwesenheit noch immer nicht?«

Wozu? Demarié war wie die andern. Er begriff ebensowenig wie sie. Seine Einmischung würde die Dinge nur noch mehr komplizieren. Tony war trotz allem froh zu wissen, daß er dem Untersuchungsrichter sympathisch war.

Er sah ihn um drei Uhr in seinem Dienstzimmer wieder. Ein feiner Regen fiel, und in einer Ecke tropfte ein Schirm, wahrscheinlich der des Gerichtsschreibers, denn der Richter fuhr in seinem schwarzen 4 CV zum Gerichtsgebäude.

Diem hatte keinen Sonnenbrand. Er erklärte schlicht und einfach:

»Ich habe das lange Wochenende dazu benutzt, die Akten noch einmal von vorn bis hinten durchzusehen. Wie fühlen Sie sich heute, Falcone? Das Verhör dauert vielleicht etwas länger, ich sage es Ihnen gleich, denn wir kommen zum Mittwoch, den 17. Februar. Wollen Sie mir so detailliert wie möglich schildern, was Sie an diesem Tag gemacht haben?«

Damit hatte er gerechnet. Jedesmal, wenn man ihn ins Gerichtsgebäude gebracht hatte, hatte er sich gewundert, daß man noch nicht an diesem Punkt angelangt war.

Der 17. Februar, das war das Ende gewesen, das Ende von allem, ein Ende, das er nicht vorausgesehen hatte, selbst in seinen schlimmsten Alpträumen nicht, und das ihm nachträglich doch beinahe logisch und unausweichlich erschien.

»Möchten Sie lieber, daß ich Ihnen helfe, indem ich genaue Fragen stelle?«

Er nickte. Sich selbst überlassen, hätte er nicht gewußt, wo anfangen.

»Ihre Frau ist zur üblichen Zeit aufgestanden?«

»Ein bißchen früher. Am Dienstag hatte es den ganzen

Vormittag geregnet, die Wäsche war erst am Nachmittag trocken. Sie wollte den ganzen Tag bügeln.«

»Und Sie?«

»Ich bin um halb sieben hinuntergegangen.«

»Sie haben zusammen gefrühstückt? Haben Sie über Ihre Verabredungen an jenem Tag gesprochen? Versuchen Sie, genau zu sein.«

Diem hatte die Protokolle von den anderen Verhören vor sich ausgebreitet, von den ersten, die Gaston Joris, der Inspektor der Gendarmerie von Triant, durchgeführt hatte, mit dem er oft den Aperitif bei seinem Bruder getrunken hatte, und von Kommissar Mani, dem Korsen.

»Ich hatte ihr tags zuvor, also am Dienstag abend, schon angekündigt, daß ich an dem Tag sehr beschäftigt sein würde, daß ich zum Mittagessen nicht heimkäme und zum Abendessen vielleicht später.«

»Hatten Sie ihr Einzelheiten über Ihr Tagesprogramm mitgeteilt?«

»Ich hab ihr nur vom Markt in Ambasse erzählt, wo mich Kunden erwarteten, und von einer Reparatur, die ich in Bolin-sur-Sièvre machen mußte.«

»Liegt das nicht außerhalb Ihres Gebiets?«

»Bolin ist nur knapp fünfunddreißig Kilometer von Saint-Justin entfernt. Ich hatte gerade angefangen, mein Tätigkeitsfeld zu erweitern.«

»Wußten Sie zu diesem Zeitpunkt schon, daß Ihre Angaben falsch waren?«

»Sie waren nicht völlig falsch.«

»Um sieben gingen Sie Ihre Tochter wecken? Kam das oft vor?«

»Fast jeden Morgen. Ich hab sie immer aufgeweckt, bevor ich Toilette machte.«

»Sie haben Ihren besten Anzug ausgesucht, einen blauen Anzug, den Sie für sonntags aufhoben.«

»Wegen meiner Verabredung in Poitiers. Ich wollte bei Garcia wie ein erfolgreicher Mann aussehen.«

»Wir werden auf ihn zurückkommen. Als Sie hinuntergingen, machte sich Ihre Tochter in der Küche für die Schule fertig. Bevor Sie nach Ambasse und Bolin-sur-Sièvre fuhren, mußten Sie bei der Post und dann am Bahnhof vorbei, weil Sie ein Paket erwarteten.«

»Einen Kolben, den ich für meinen Kunden in Bolin bestellt hatte.«

Zwei- oder dreimal fiel sein Blick unwillkürlich auf den leeren Stuhl, der vor dem Schreibtisch stand, bis Diem schließlich begriff, daß in der vorigen Woche Andrée dort gesessen hatte.

Dieser banale Stuhl, der anscheinend seit Freitag auf demselben Platz gestanden hatte, machte Tony offenbar nervös. Der Richter ging durch das Zimmer und stellte ihn an die Wand.

»Sie haben Ihrer Tochter angeboten, sie im Lieferwagen bis zur Schule mitzunehmen.«

»Ja.«

»War das nicht ungewöhnlich? Hatten Sie vielleicht an diesem Morgen irgendeinen Grund, besonders zärtlich zu ihr zu sein?«

»Nein.«

»Sie haben Ihre Frau nicht gefragt, ob es im Dorf etwas zu besorgen gab?«

»Nein. Ich hab das dem Kommissar schon erklärt. Ich bin bereits unter der Tür gestanden, da hat Gisèle mich zurückgerufen. ›Kannst du im Lebensmittelgeschäft vorbeigehen, ein Kilo Zucker und zwei Pakete Waschpulver holen? Dann muß ich mich nicht anziehen.‹ Genau das hat sie gesagt.«

»War das üblich?«

War es nötig, noch einmal die Einzelheiten ihres Haushalts durchzugehen? Das hatte er schon mit Mani gemacht. Wie in jedem Haushalt gab es fast jeden Tag in irgendeinem Geschäft Einkäufe zu machen, beim Metzger etwa oder beim Bäcker. Gisèle schickte ihn möglichst nicht dorthin, denn man mußte fast immer warten.

»Das ist nichts für Männer«, sagte sie.

An jenem Mittwoch wollte sie sich so bald wie möglich ans Bügeln machen. Da sie tags zuvor Hammelkeule gegessen hatten und etwas davon übrig war, brauchten sie kein Fleisch. Es gab also nur eine einzige Besorgung zu machen.

»Sie fuhren also mit Ihrer Tochter weg.«

Im Rückspiegel hatte er noch einmal Gisèle unter der Tür stehen sehen, wie sie sich die Hände an der Schürze abtrocknete.

»Sie haben Marianne vor der Schule abgesetzt und sind zur Post gegangen. Und dann?«

»Bin ich ins Lebensmittelgeschäft gegangen.«

»Seit wann waren Sie nicht mehr dort gewesen?«

»Seit zwei Monaten vielleicht.«

»Sie waren seit dem letzten Brief – der nur aus den beiden Worten ›Nun du!‹ bestand – nicht mehr dort gewesen?«

»Nein.«

»Waren Sie aufgeregt, Monsieur Falcone?«

»Aufgeregt nicht. Ich wäre Andrée lieber nicht begegnet, vor allem nicht unter den Blicken anderer Leute.«

»Fürchteten Sie, sich zu verraten?«

»Es war mir nicht wohl dabei.«

»Wer war im Laden, als Sie eintraten?«

»Ich erinnere mich an ein Kind, das ich nicht weiter beachtet habe, an eine der Schwestern Molard und an eine alte Frau, die von allen Louchote genannt wird.«

»War die alte Madame Despierre da?«

»Ich hab sie nicht gesehen.«

»Sie mußten warten, bis Sie an der Reihe waren?«

»Nein. Andrée hat mich sofort gefragt:

›Was möchtest du, Tony?‹«

»Sie bediente Sie vor den andern? Hat niemand protestiert?«

»Das ist immer so. Fast überall werden die Männer zuerst bedient.

›Ein Kilo Zucker und zwei Pakete Waschpulver.‹

Sie hat die Sachen von den Regalen genommen, dann hat sie gesagt: ›Einen Moment. Ich habe die Pflaumenmarmelade bekommen, nach der deine Frau schon seit zwei Wochen fragt.‹

Sie ist im Hinterzimmer verschwunden und mit einem Topf Marmelade wiedergekommen. Es war dieselbe Marke, die ich immer zu Hause gesehen habe...«

»Ist sie lange weggeblieben?«

»Nicht sehr lange.«

»Eine Minute? Zwei Minuten?«

»Die Zeit kam mir normal vor.«

»Um einen Marmeladentopf zu nehmen und in den Laden zu bringen? Oder um ihn unter anderen aufgestapelten Waren zu suchen?«

»Irgendwas dazwischen. Ich weiß es ganz einfach nicht mehr.«

»War Andrée Despierre aufgeregt?«

»Ich hab es vermieden, sie anzusehn.«

»Trotzdem haben Sie sie gesehn. Sie haben ihre Stimme gehört.«

»Ich glaub, sie hat sich gefreut, mich zu sehn.«

»Hat sie sonst nichts zu Ihnen gesagt?«

»Als ich die Tür aufgemacht habe, hat sie mir nachgerufen:

›Einen schönen Tag, Tony!‹«

»Kam Ihnen der Tonfall natürlich vor?«

»Im Moment hab ich nicht darauf geachtet. Es war ein Tag wie jeder andere.«

»Und später?«

»Vielleicht war die Stimme zärtlicher.«

»Kam es vor, daß Andrée sich Ihnen gegenüber zärtlich verhielt?«

War er nicht gezwungen, die Wahrheit zu sagen?

»Ja. Es ist schwer zu erklären. Es war eine besondere Zärtlichkeit, wie ich sie zum Beispiel an manchen Tagen für Marianne hatte.«

»Eine mütterliche Zärtlichkeit?«

»Das ist auch nicht das richtige Wort. Beschützend wäre besser.«

»Also, der erste Zufall: Ihre Frau beauftragt Sie, ziemlich

unüblicherweise, an ihrer Stelle ins Lebensmittelgeschäft zu gehen. Der zweite Zufall: Eine bestimmte Marmelade, die nur sie ißt, hat im Laden seit mehreren Tagen gefehlt. Soeben ist eine Lieferung angekommen, und man gibt Ihnen einen Topf dieser Marmelade mit. Der dritte Zufall – und Kommissar Mani hat nicht verfehlt, es zu betonen: An diesem Tag fuhren Sie nicht direkt nach Hause, sondern zuerst zum Bahnhof.«

»Ich hatte den Kolben per Expreß schicken lassen und...«

»Das ist nicht alles. Der Bahnhof von Saint-Justin hat wie die meisten Gebäude vier Seiten – eine zu den Schienen hin, eine gegenüber, wo die Reisenden ein und aus gehen, eine dritte links, wo sich die Tür zum Dienstraum des Bahnhofsvorstands befindet. Die vierte, die Nordseite, hat weder Tür noch Fenster. Es ist eine kahle Mauer ohne Öffnung, und vor dieser Mauer haben Sie Ihren Lieferwagen geparkt.«

»Wenn Sie an Ort und Stelle gewesen sind, werden Sie wissen, daß das der einzige sich anbietende Parkplatz ist.«

»Der Bahnhofsvorstand war mit seinen Papieren beschäftigt und hat Sie gebeten, Ihr Paket selbst in der Güterhalle abzuholen.«

»Das machen alle hier so.«

»Wie lange haben Sie sich im Bahnhof oder beim Bahnhof aufgehalten?«

»Ich hab nicht auf die Uhr geschaut. Ein paar Minuten.«

»Der Bahnhofsvorstand behauptet, daß er Ihren Wagen erst nach ziemlich langer Zeit wegfahren hörte.«

»Ich wollte mich vergewissern, daß man mir den richtigen Kolben geschickt hat, es kommen ziemlich oft Irrtümer vor.«

»Sie haben das Paket aufgemacht?«

»Ja.«

»Im Lieferwagen?«

»Ja«

»Wo niemand Sie sehen konnte? Fügen wir diesen Zufall zu den anderen hinzu. Als Sie heimkamen, haben Sie Ihre Einkäufe auf den Küchentisch gestellt. Ihre Frau nahm im Garten die Wäsche von der Leine und legte sie in einen Korb. Sind Sie zu ihr gegangen? Haben Sie sie geküßt, bevor Sie wieder weggefahren sind?«

»Das war bei uns nicht üblich. Es war ja keine Reise. Von der Tür aus hab ich ihr zugerufen:

›Bis heute abend!‹«

»Sie haben ihr nicht mitgeteilt, daß die Marmelade da war?«

»Warum? Sie hätte sie ja auf dem Tisch gefunden.«

»Sie haben sich nicht länger in der Küche aufgehalten?«

»Im letzten Moment hab ich die Kaffeekanne auf dem Herd stehen sehen und mir eine Tasse Kaffee eingeschenkt.«

»Wenn ich mich nicht irre, ist das mindestens der fünfte Zufall.«

Warum betonte Diem das mit so viel Beharrlichkeit? Tony konnte nichts daran ändern. Wollte er erreichen, daß er protestierte oder unwillig wurde? Diese Klippe lag längst hinter ihm, und er beschränkte sich darauf, mit gleichgültiger Stimme zu antworten. Er war so düster und kraftlos, wie es jener 17. Februar gewesen war mit seinem eintönig grauen Himmel und seinem trüben Licht, den Feldern, die verödet wirkten, den Pfützen, die ein Platzregen zurückgelassen hatte.

»Warum sind Sie durch Triant gefahren?«

»Weil das mein Weg war.«

»Sie hatten keinen andern Grund?«

»Ich wollte mit meinem Bruder sprechen.«

»Um ihn um Rat zu fragen? Kam es vor, daß Sie, obwohl Sie der Ältere sind, ihn um Rat fragten?«

»Ich sprach oft mit ihm über meine Geschäfte. Außerdem war er der einzige, der meine Sorgen wegen Andrée kannte.«

»Sie geben zu, daß Sie Sorgen hatten?«

»Ihre Briefe machten mir zu schaffen.«

»Ist der Ausdruck nicht ein bißchen schwach, nach dem, was Sie Kommissar Mani gegenüber zugegeben haben?«

»Gut, sagen wir, sie machten mir angst.«

»Und Sie hatten einen Entschluß gefaßt? Ist es das, worüber Sie sich mit Vincent unterhalten haben? Es war doch so, Monsieur Falcone, daß Ihre Schwägerin fort war, um Einkäufe zu erledigen, und Françoise im ersten Stock die Zimmer saubermachte, während Sie mit ihm sprachen.«

»Wie jeden Vormittag. Als ich ins Café kam, war Vincent auch nicht da. Ich hab im Keller Flaschen klirren gehört und gesehen, daß die Falltür hinter der Theke offen war. Mein Bruder hat den Wein abgefüllt, den er tagsüber brauchte, und ich hab gewartet, bis er wieder raufgekommen ist.«

»Ohne ihm zu sagen, daß Sie da sind?«

»Ich wollte nicht, daß er seine Arbeit unterbricht. Ich für

meinen Teil hatte ja Zeit. Ich hab mich ans Fenster gesetzt und drüber nachgedacht, was ich zu Garcia sagen wollte.«

»Sie gingen Ihren Bruder um Rat fragen, aber Ihr Entschluß war gefaßt?«

»Mehr oder weniger.«

»Erklären Sie das.«

»Ich hab vorausgesehen, daß Garcia zögern würde. Er ist ein vorsichtiger Mensch und hat leicht Bedenken. Das hieß für mich, daß ich alles auf eine Karte setzen mußte.«

»Alles auf eine Karte setzen, Ihre Zukunft und die Ihrer Familie?«

»Ja. Wenn sich Garcia hätte überzeugen lassen, hätt ich verkauft. Wenn er es abgelehnt hätte, sich auf das Abenteuer einzulassen, wär ich geblieben.«

»Und die Rolle Ihres Bruders?«

»Ich hab Wert darauf gelegt, ihn auf dem laufenden zu halten.«

»In Abwesenheit jedes Zeugen, einschließlich Ihrer Schwägerin, so daß außer Vincent und Ihnen uns niemand über die Unterhaltung Auskunft geben kann. Sie haben eine sehr enge Beziehung, nicht wahr?«

Tony erinnerte sich an die Zeit, als er seinen Bruder auf schlammigen oder gefrorenen Wegen zur Schule mitnahm. Sie trugen schwere Kapuzenmäntel. Im Winter verließen sie das Haus im Dunkeln und kamen im Dunkeln wieder zurück. Oft schleifte Vincent, wenn er müde war, seine genagelten Schuhe nach und ließ sich ziehen. In der Pause behielt ihn Tony von weitem im Auge, und wenn sie zurück in La Boisselle waren, strich er ihm Butterbrote, während sie auf ihren Vater warteten.

Aber diese Dinge kann man nicht erzählen, es sind ganz einfache Dinge, die man selbst erlebt haben muß. Und Richter Diem hatte sie nicht erlebt.

Vincent war gewiß das menschliche Wesen, dem er sich am meisten verbunden fühlte, und der Bruder war ihm seinerseits dankbar, daß er sich nicht als der Ältere aufspielte. Daß sie italienisch miteinander sprachen, verband sie noch mehr, denn das erinnerte sie an ihre Kindheit, als sie mit ihrer Mutter nur diese Sprache sprachen.

»Ich fürchte, ich hab keine Ruhe, wenn ich hierbleibe.«

»Hat sie heute morgen nichts zu dir gesagt?«

»Wir waren nicht allein im Laden. In zwei oder drei Tagen bekomme ich sicher einen neuen Brief, und Gott weiß, was diesmal drinsteht!«

»Was willst du Gisèle sagen?«

»Ich hab noch nicht drüber nachgedacht. Wenn ich ihr sage, daß es hier in der Umgebung keine Möglichkeit mehr gibt, mein Geschäft zu vergrößern, wird sie es schon glauben.«

Sie hatten sich an der Theke gegenübergestanden und zusammen einen Wermut getrunken. Dann war ein Limonadenlieferant gekommen, und Tony war zur offenstehenden Tür gegangen.

»Adieu!« hatte ihm Vincent nachgerufen.

Diem konnte kaum glauben, daß die Unterhaltung so schlicht verlaufen war. Vielleicht lag es daran, daß die beiden Brüder seit ihrer Kindheit an Unglück gewöhnt waren.

»Er hat nicht versucht, Sie umzustimmen?«

»Im Gegenteil. Er schien erleichtert. Er hat mein Verhältnis mit Andrée von Anfang an nicht gern gesehen.«

»Fahren Sie mit dem Tagesablauf fort.«

»Auf dem Markt in Ambasse hab ich mich nicht lang aufgehalten, es war nur ein kleiner Wintermarkt. Ich hab ein paar Prospekte verteilt und bin nach Bolin-sur-Sièvre zu meinem Kunden gefahren.«

»Einen Moment. Kannte Ihre Frau seinen Namen?«

»Ich erinnere mich nicht, ihn ihr gegenüber erwähnt zu haben.«

»Gaben Sie ihr, wenn Sie eine solche Geschäftsreise machten, jeweils nicht an, wo sie Sie gegebenenfalls erreichen konnte?«

»Nicht unbedingt. Auf den Märkten war es einfach, weil ich immer in den gleichen Cafés gesessen bin. Wenn ich die Bauernhöfe besuchte, hatte sie ungefähr eine Vorstellung von meiner Route und konnte mich anrufen.«

»Sie haben ihr nichts von Poitiers erzählt?«

»Nein.«

»Warum?«

»Weil noch nichts endgültig war, ich wollte sie nicht vorzeitig beunruhigen?«

»Ist Ihnen nicht ein einziges Mal der Gedanke gekommen, ihr einfach die Wahrheit zu sagen, die Sorgen zu gestehen, die Ihnen das Verhältnis mit Andrée Despierre bereitete? Nachdem das Verhältnis für Sie zu Ende war, wäre das nicht die beste Lösung gewesen? Haben Sie das nie in Erwägung gezogen?«

Nein. Seine Antwort war vielleicht lächerlich, aber sie entsprach der Wahrheit.

»Mein Kunde in Bolin-sur-Sièvre, ein reicher Bauer, Dambois, hat mich zum Mittagessen eingeladen. Um zwei war ich mit der Arbeit fertig. Ich bin dann, ohne mich zu beeilen, nach Poitiers gefahren.«

»Wie hatten Sie die Verabredung mit Ihrem Freund Garcia vereinbart?«

»Ich hatte ihm am Samstag vorher geschrieben und ihn benachrichtigt, daß ich ihn nach der Arbeit von der Werkstatt abholen würde. Garcia war bei uns Werkmeister, als ich in der Sammelstelle gearbeitet habe. Er ist zehn Jahre älter als ich und hat drei Kinder, ein Sohn geht aufs Gymnasium.«

»Fahren Sie fort.«

»Ich war viel zu früh dran. Ich hätte in die Montagehalle gehen können, aber da hätt ich mich mit meinen alten Kollegen unterhalten müssen, und dazu hatte ich keine Lust. Die Gebäude stehen zwei Kilometer vor der Stadt, an der Straße nach Angoulême. Ich bin nach Poitiers weitergefahren und in ein Wochenschau-Kino gegangen.«

»Um wieviel Uhr verließen Sie das Kino?«

»Um halb fünf.«

»Um wieviel Uhr sind Sie vormittags bei Ihrem Bruder weggegangen?«

»Kurz vor zehn.«

»Anders ausgedrückt, entgegen aller Gewohnheit wußte zwischen zehn Uhr vormittags und halb fünf nachmittags niemand, weder Ihre Frau noch sonst irgend jemand, wo man Sie hätte erreichen können?«

»Daran hab ich nicht gedacht.«

»Angenommen, Ihre Tochter hätte einen schweren Unfall gehabt... Fahren wir fort! Sie haben also am Ausgang der Werkstatt auf Garcia gewartet.«

»Ja. Mein Brief hatte ihn neugierig gemacht. Wir wären fast ins gegenüberliegende Café gegangen, aber da hätten wir Bekannte getroffen. Da Garcia sein Motorrad dabei hatte, ist er mir in die Stadt bis zur Brasserie du Globe nachgefahren.«

»Es wußte also wiederum niemand, daß Sie in der Brasserie du Globe waren? Auch Ihr Bruder nicht?«

»Nein. Garcia hat mir von seiner Familie erzählt, ich ihm von der meinen, dann hab ich mit ihm über das Geschäft gesprochen.«

»Haben Sie ihm gesagt, warum Sie die Absicht haben, Saint-Justin zu verlassen?«

»Nur, daß es eine Frauengeschichte ist. Ich hab gewußt, daß er Geld auf der Seite hat und daß er öfter davon gesprochen hat, sich selbständig zu machen. Ich hab ihm ein gutgehendes Geschäft, das Haus, den Schuppen und das Werkzeug anbieten können und noch dazu eine beachtliche Kundschaft.«

»Hat er sich verlocken lassen?«

»Er hat mir keine endgültige Antwort gegeben. Er hat sich eine Woche zum Überlegen ausgebeten, da er vor allem mit seiner Frau und seinem ältesten Sohn darüber reden wollte. Am wenigsten hat ihm die Vorstellung gefallen, von Poitiers weggehen zu müssen, vor allem wegen seines Jungen, der am Gymnasium ein guter Schüler ist und dort seine Freunde hat. Ich hab dem entgegengehalten, daß es in Triant auch ein gutes Gymnasium gibt.

›Dann muß er morgens und abends fünfzehn Kilometer fahren oder als Internatsschüler dortbleiben!‹«

»Wie lange hat diese Unterredung gedauert?«

»Bis kurz vor sieben. Garcia hat mich zu sich nach Hause eingeladen. Ich hab ihm gesagt, daß meine Frau mich erwartet.«

»Was hatten Sie vor für den Fall, daß Garcia in der Woche darauf seine Zustimmung geben würde?«

»Ich hätte mich bei der Gesellschaft um einen Vertreterposten beworben, im Norden oder im Osten, im Elsaß vielleicht, möglichst weit weg von Saint-Justin. Man hätte mich sicher angestellt, denn ich bin da gut angeschrieben. Vielleicht hätte ich mich eines Tages wieder selbständig gemacht.«

»Sie hätten Ihren Vater allein in La Boisselle zurückgelassen?«

»Vincent wohnt ja nicht weit weg.«

»Wollen Sie sich einen Augenblick ausruhen, Monsieur Falcone?«

»Kann ich das Fenster aufmachen?«

Er brauchte Luft. Seit Beginn dieses scheinbar banalen Verhörs meinte er ersticken zu müssen. Es lag etwas Unwirkliches und Drohendes in diesem Dialog, der exakte Tatsachen heraufbeschwor, sich aber in Wirklichkeit auf eine Tragödie bezog, von der nie gesprochen wurde.

»Zigarette?«

Er nahm eine und stellte sich ans Fenster, sah auf die Straße, auf die Fenster gegenüber, auf die nassen Dächer. Wenn es wenigstens das letzte Mal wäre! Aber auch wenn Diem nicht noch einmal auf das Thema zurückkam, so würde doch in der Hauptverhandlung alles noch mal von vorn beginnen.

Resigniert setzte er sich wieder hin.

»Wir sind fast zu Ende, Falcone.«

Er nickte zustimmend mit dem Kopf und lächelte den Richter traurig an, bei dem er ein gewisses Mitgefühl zu erkennen glaubte.

»Sie sind direkt nach Saint-Justin zurückgefahren? Ohne sich irgendwo aufzuhalten?«

»Ich hab es plötzlich sehr eilig gehabt, nach Hause zu kommen, meine Frau und meine Tochter wiederzusehen. Ich glaub, ich bin sehr schnell gefahren. Normalerweise braucht man für diese Strecke ungefähr eineinhalb Stunden, und ich hab sie in weniger als einer Stunde geschafft.«

»Hatten Sie mit Garcia etwas getrunken?«

»Er hat zwei Aperitifs getrunken, ich nur einen Wermut.«

»Wie mit Ihrem Bruder.«

»Ja.«

»Sie sind noch mal an seinem Hotel vorbeigefahren. Haben Sie nicht angehalten, um ihm das Resultat Ihrer Unterredung mitzuteilen?«

»Nein. Im übrigen sind um die Zeit immer Leute im Café, Vincent war sicher beschäftigt.«

»Es war schon dunkel. Sie haben von weitem die Lichter von Saint-Justin erkannt. Ist Ihnen nichts aufgefallen?«

»Ich war erstaunt, als ich sah, daß in meinem Haus überall Licht brannte, weil das nie vorkam, und ich hab ein Unglück vorausgeahnt.«

»Woran haben Sie gedacht?«

»An meine Tochter.«

»Nicht an Ihre Frau?«

»Für mich ist Marianne natürlich die Schwächere gewesen, der am ehesten etwas zustoßen konnte.«

»Sie haben gar nicht erst versucht, Ihren Wagen in den Schuppen zu fahren, und haben ihn ungefähr zwanzig Meter vor Ihrem Haus stehenlassen.«

»Das halbe Dorf war vor unserem Gartenzaun versammelt, da wußte ich, daß ein Unglück geschehen war.«

»Sie mußten sich einen Weg durch die Menge bahnen.«

»Die Leute sind zurückgewichen, als ich kam, aber anstatt mich mitleidig anzusehen, haben sie mich haßerfüllt angestarrt, ich hab das nicht verstanden. Der dicke Didier in seiner Lederschürze, der Hufschmied, hat sich sogar vor mir aufgepflanzt, die Fäuste in die Hüften gestemmt und mir auf die Schuhe gespuckt.

Als ich über den Rasen ging, hab ich hinter mir ein drohendes Murren gehört. Die Tür ging auf, ohne daß ich sie zu berühren brauchte, und ein Gendarm hat mich in Empfang genommen. Ich kannte ihn vom Sehen, weil ich ihn oft auf dem Markt von Triant getroffen habe.

›Hier lang!‹ hat er mir befohlen und auf die Tür von meinem Büro gezeigt.

Dort saß der Wachtmeister Langre auf meinem Platz, und anstatt mich wie üblich Tony zu nennen, hat er mich angefahren:

›Setz dich dahin, du Dreckskerl!‹

Da hab ich geschrien:

›Wo ist meine Frau? Wo ist meine Tochter?‹

›Wo deine Frau ist, das weißt du genausogut wie ich!‹«

Er verstummte. Er brachte kein Wort mehr über die Lippen. Er war nicht aufgeregt. Er war eher zu ruhig. Diem vermied es, ihn zu drängen, und der Gerichtsschreiber starrte auf die Spitze seines Bleistifts.

»Ich weiß nicht mehr, Herr Richter. Es ist so verworren. Langre hat mir dann irgendwann gesagt, daß Marianne von den Schwestern Molard abgeholt worden sei, und ich hab mir ihretwegen keine Sorgen mehr gemacht.

›Gib zu, daß du es gewußt hast und daß du nicht damit gerechnet hast, die beiden lebend wiederzusehen! Schwein von einem Ausländer! Dreckiges Aas!‹

Er ist aufgestanden, und mir war klar, daß er nur auf eine Gelegenheit wartete, um mich verprügeln zu können. Ich hab wiederholt:

›Wo ist meine Frau?‹

›Im Krankenhaus in Triant, wenn du es noch nicht weißt.‹

Dann hat er auf die Uhr geschaut:

›Nur ist sie im jetzigen Augenblick wahrscheinlich nicht mehr am Leben. Wir werden es ja bald wissen. Wo warst du den ganzen Tag? Du hast dich versteckt,was? Du hast es vorgezogen, das nicht mit anzusehen! Wir haben uns gefragt, ob du überhaupt zurückkommst, ob du nicht abgehauen bist.‹

›Gisèle hat einen Unfall gehabt?‹

›Einen Unfall, na so was! Du hast sie ganz einfach umgebracht, jawohl! Und dafür gesorgt, daß du nicht da bist, wenn es passiert.‹«

Der Inspektor von der Gendarmerie war mit dem Auto angekommen.

»Was sagt er?« fragte er den Wachtmeister.

»Er spielt den Unschuldigen, wie ich es erwartet habe. Es gibt nichts Verlogeneres als diese Italiener. Wenn man ihn hört, hat er keine Ahnung, was hier passiert ist.«

Der Inspektor zeigte kaum mehr Sympathie als sein Untergebener, aber er bemühte sich, ruhig und kühl zu bleiben.

»Wo kommen Sie her?«

»Von Poitiers.«

»Was haben Sie den ganzen Tag gemacht? Man hat überall versucht, Sie zu erreichen.«

»Um welche Zeit?«

»Ab halb fünf.«

»Was ist um halb fünf passiert?«

»Doktor Riquet hat uns angerufen.«

Nun verstand Tony überhaupt nichts mehr.

»Sagen Sie, Inspektor, was ist denn eigentlich geschehen? Hat meine Frau einen Unfall gehabt?«

Inspektor Joris sah ihn fest an.

»Machen Sie uns was vor?«

»Nein, ich schwöre es Ihnen bei meiner Tochter. Um Gottes willen, sagen Sie mir, wie es meiner Frau geht. Lebt sie?«

Auch er schaute auf die Uhr.

»Vor einer Dreiviertelstunde lebte sie noch. Ich stand an ihrem Sterbebett.«

»Sie ist tot!«

Er konnte es nicht glauben. Im Haus waren ungewohnte Geräusche zu hören, schwere Schritte im ersten Stock.

»Was wollen all die Leute hier?«

»Sie machen eine Hausdurchsuchung, aber wir haben schon gefunden, was wir suchten.«

»Ich will meine Frau sehen.«

»Sie tun, was wir Ihnen sagen. Sie sind ab sofort verhaftet, Antoine Falcone.«

»Wessen bin ich angeklagt?«

»Die Fragen stelle ich.«

Er war auf seinem Stuhl zusammengesunken und hielt den Kopf in den Händen. Er wußte noch immer nichts Genaues, und man zwang ihn, über seinen Tagesablauf vom Moment des Aufwachens an Auskunft zu geben.

»Sie geben zu, daß Sie es waren, der diesen Marmeladentopf hergebracht hat?«

»Ja. Sicher.«

»Hat Ihre Frau Sie darum gebeten?«

»Nein. Sie hatte mich gebeten, Zucker und Waschpulver zu kaufen. Andrée Despierre hat mir die Marmelade gegeben. Gisèle hatte sie anscheinend seit zwei Wochen danach gefragt.«

»Sie sind vom Lebensmittelladen direkt heimgefahren?«

Der Aufenthalt am Bahnhof... der Reservekolben...

»Handelt es sich um diesen Topf hier?«

Man hielt ihn ihm unter die Nase. Der Topf war offen, und es war ziemlich viel herausgenommen worden.

»Ich glaub schon. Das Etikett ist dasselbe.«

»Sie haben ihn eigenhändig Ihrer Frau gegeben?«

»Ich habe ihn auf den Küchentisch gestellt.«

»Ohne etwas zu sagen?«

»Ich hielt es nicht für nötig, was zu sagen. Meine Frau war damit beschäftigt, im Garten die Wäsche abzunehmen.«

»Wann haben Sie Ihren Schuppen zum letzten Mal betreten?«

»Heute morgen, kurz vor acht, um meinen Wagen zu holen.«

»Sie haben dort nichts anderes geholt? Waren Sie allein?«

»Meine Tochter hat vor dem Haus auf mich gewartet.«

All das war so nah und gleichzeitig so weit weg! Der ganze Tag mit seinen Ereignissen wurde unwirklich.

»Und das da, Falcone, erkennen Sie das?«

Er sah sich die Büchse an, er kannte sie, denn sie befand sich seit vier Jahren auf dem obersten Regalbrett im Schuppen.

»Ja, die muß mir gehören.«

»Was ist in der Büchse?«

»Gift.«

»Wissen Sie, welches Gift?«

»Arsen oder Strychnin. Das war im ersten Jahr, wo wir hier gewohnt haben. An der Stelle, wo der Schuppen steht, war früher eine Abfallgrube gewesen, wo der Metzger die Schlachtabfälle deponierte. Die Ratten kamen auch nachher noch, wie sie es gewohnt waren, und Madame Despierre ...«

»Moment. Welche? Die alte oder die junge?«

»Die Mutter. Sie hat mir dasselbe Gift gegeben, das sie an alle Bauern verkauft. Ich erinnere mich nicht mehr, ob es ...«

»Es ist Strychnin. Wieviel davon haben Sie unter die Marmelade gemischt?«

Tony verlor nicht den Verstand. Er heulte auch nicht auf.

Aber er zerbiß sich einen Zahn, so stark preßte er die Kiefer zusammen.

»Um welche Zeit aß Ihre Frau normalerweise Marmelade?«

Er antwortete in einer Art Bewußtseinstrübung, er wußte nicht wie.

»Gegen zehn Uhr.«

Seitdem sie auf dem Land wohnten und Gisèle früh aufstand, nahm sie vormittags eine kleine Zwischenmahlzeit ein. Bevor Marianne zur Schule ging, hatten sie zusammen etwas gegessen, und dann aßen sie nachmittags, wenn das Kind heimkam, zusammen das Vesperbrot.

»Sie wußten es also!«

»Was wußte ich?«

»Daß sie um zehn Uhr Marmelade essen würde. Kennen Sie die tödliche Dosis Strychnin? Ein hundertstel Gramm. Ohne Zweifel wissen Sie auch, daß das Gift zehn bis fünfzehn Minuten nach der Einnahme zu wirken beginnt und die ersten Krämpfe verursacht. Wo waren Sie um zehn Uhr?«

»Da bin ich bei meinem Bruder weggegangen.«

»Ihre Frau hingegen lag auf dem Küchenboden. Sie war allein im Haus, ohne Hilfe, bis Ihre Tochter um vier Uhr aus der Schule gekommen ist. Sie hat also sechs Stunden lang in Agonie gelegen, bevor man ihr zu Hilfe kommen konnte. Das war gut organisiert, nicht wahr?«

»Aber Sie sagen doch, sie sei tot?«

»Ja, Falcone. Und ich glaube, ich sage Ihnen damit nichts Neues. Wahrscheinlich hat sie sich nach dem ersten Anfall einigermaßen erholt. Doktor Riquet nimmt es jedenfalls an. Ich weiß nicht, warum sie dann nicht um Hilfe gerufen hat. Als die Krämpfe wieder einsetzten, war eine nochmalige Besserung ausgeschlossen.

Als Ihre Tochter kurz nach vier Uhr nach Hause kam, fand sie ihre Mutter auf dem Boden liegen, in einem Zustand, den ich Ihnen lieber nicht beschreiben möchte. Sie ist aus dem Haus und zu den Schwestern Molard gerannt, wo sie wie rasend mit den Fäusten an die Tür gehämmert hat. Léonore ist herübergekommen, um zu sehen, was los war, und hat den Arzt gerufen. Wo waren Sie um Viertel nach vier?«

»In einem Kino in Poitiers.«

»Riquet hat eine Vergiftung festgestellt und vom Krankenhaus einen Ambulanzwagen kommen lassen. Es war zu spät für eine Magenspülung, man konnte ihr nur noch Beruhigungsmittel geben.

Es war auch Riquet, der mich angerufen hat und von dem Marmeladentopf erzählte. Während er auf die Ambulanz wartete, hat er in der Küche herumgestöbert. Das Brot, das Messer, eine Tasse mit einem Rest Milchkaffee und ein Teller mit Marmeladespuren befanden sich noch auf dem Tisch. Er hat mit der Zungenspitze davon versucht.«

»Ich will sie sehen! Ich will meine Tochter sehen!«

»Für Ihre Tochter ist jetzt nicht der Augenblick, die Menge würde Sie wahrscheinlich zusammenschlagen. Léonore hatte nichts Eiligeres zu tun, als von Tür zu Tür zu laufen und die Neuigkeit zu verbreiten. Meine Männer haben den Schuppen untersucht und diese Büchse mit Strychnin gefunden. Ich habe mich mit dem Staatsanwalt von Poitiers in Verbindung gesetzt.

Und jetzt werden Sie mich begleiten, Falcone. In der Gendarmerie wird es leichter sein, das Verhör ordnungsgemäß fortzusetzen. Da es unwahrscheinlich ist, daß Sie dieses Haus bald wieder betreten, rate ich Ihnen, einen Koffer mit Wäsche und Ihren persönlichen Sachen mitzunehmen. Ich gehe mit Ihnen hinauf.«

Diem stellte ihm Frage auf Frage und zwang ihn, alles noch einmal zu erzählen. Er mußte beschreiben, wie er mit dem Koffer in der Hand Saint-Justin-du-Loup verließ, durch die Menge von Neugierigen hindurch, die von den Gendarmen beiseite gedrängt wurden und ihn beschimpften, als er an ihnen vorbeiging. Andere schauten ihn mit erschrockenen Augen an, als ob die Entdeckung, daß es im Dorf einen Mörder gab, sie auf den Gedanken gebracht hätte, daß auch sie das Opfer hätten sein können.

»Laut Gesetz sind Sie verpflichtet, die Leiche zu identifizieren.«

Er mußte mit dem Inspektor und einem Gendarmen in einem Gang des Krankenhauses warten. Er trug bereits Handschellen, und da er noch nicht daran gewöhnt war, taten sie ihm bei jeder plötzlichen Bewegung weh.

Diem beobachtete ihn besonders aufmerksam und sagte:

»Sie sind vor der Leiche Ihrer Frau, die man gerade zurechtgemacht hatte, in einiger Entfernung unbeweglich stehengeblieben, ohne ein Wort zu sagen. Ist das nicht die Haltung eines Schuldigen, Monsieur Falcone?«

Wie sollte er dem Richter erklären, daß er sich in jenem Augenblick im Innersten tatsächlich schuldig gefühlt hatte? Er versuchte es auf indirekte Weise.

»Sie ist ja trotz allem durch meine Schuld gestorben.«

7

Dieses Verhör im Dienstzimmer des Untersuchungsrichters Diem sollte das letzte sein. Vielleicht hatte er die Absicht gehabt, Tony noch über einige Punkte auszufragen oder ihn nochmals Andrée gegenüberzustellen. Die Nachrichten über den Zustand des Angeklagten hatten ihn jedoch veranlaßt, nicht weiter darauf zu bestehen.

Schon zwei Tage später fand Professor Bigot in der Gefängniszelle einen Mann vor, der allem, was gesagt wurde, teilnahmslos gegenüberstand, ja überhaupt teilnahmslos war. Er schien nur noch dahinzuvegetieren.

Sein Blutdruck war stark gesunken, und der Psychiater schickte ihn zur Beobachtung in die Krankenabteilung, wo sich der Zustand des Gefangenen trotz starker Medikamente kaum besserte.

Er schlief und aß, er antwortete, so gut er konnte, wenn man mit ihm sprach, aber mit unbeteiligter, unpersönlicher Stimme.

Auch der Besuch seines Bruders Vincent riß ihn nicht aus seiner Apathie. Tony sah ihn erstaunt an, er schien überrascht, Vincent, so wie er ihn kannte, so wie er in seinem Café in Triant war, in der so andersartigen Umgebung der Krankenabteilung auftauchen zu sehen.

»Du hast nicht das Recht, dich unterkriegen zu lassen,

Tony. Vergiß nicht, daß du eine Tochter hast und daß wir alle zu dir stehen.«

Was half das?

»Marianne gewöhnt sich recht gut an das Leben bei uns. Anfangs haben wir sie in die Schule gebracht.«

Er fragte ohne Anteilnahme:

»Hat man es ihr gesagt?«

»Es war unmöglich, ihre Kameraden am Reden zu hindern. Eines Abends hat sie mich gefragt:

›Ist es wahr, daß Pap Mama umgebracht hat?‹

Ich hab sie beruhigt. Ich habe beteuert, daß es nicht stimmt.

›Ist er trotzdem ein Mörder?‹

›Aber nein, er hat ja niemanden umgebracht.‹

›Warum war dann sein Bild in der Zeitung?‹

Du siehst, Tony. Im Grunde versteht sie es nicht, sie leidet nicht darunter.«

War es Ende Mai oder Anfang Juni? Er zählte die Tage nicht mehr und auch nicht die Wochen, und als Maître Demarié kam und ihm mitteilte, daß die Anklagekammer ihn und Andrée des Mordes an Nicolas und Gisèle beschuldige, reagierte er nicht darauf.

»Sie wollen die beiden Fälle zusammen behandeln, das wird die Verteidigung erschweren.«

Sein Zustand blieb unverändert. Er wurde in die Zelle zurückgebracht. Ohne Auflehnung, im Gegenteil, mit bemerkenswerter Fügsamkeit führte er das monotone Gefangenenleben.

Von einem Tag auf den anderen hörten die Besuche auf, Leere stellte sich ein. Selbst die Gefängnisaufseher waren weniger zahlreich. Zur selben Zeit wie die übrigen Ferien hatten die Gerichtsferien begonnen, und Hunderttausende machten sich auf den Weg zu den Badestränden, ins Gebirge, zu einsamen Winkeln auf dem Land.

Die Zeitungen schrieben über einen Streit, der, so wurde angedeutet, im Prozeß eine große Rolle spielen würde, ein Streit der Sachverständigen.

Auf einen anonymen Brief hin und nach einem Zeugenverhör in Triant, das das Verhältnis zwischen Tony und Andrée bestätigte, war die Leiche von Nicolas exhumiert worden. Mit den ersten Untersuchungen hatte man einen Spezialisten aus Poitiers, Doktor Gendre, betraut.

Der hatte in seinem Bericht auf eine massive Dosis Strychnin geschlossen, und zwölf Tage nach der Gefangennahme von Tony war auch gegen Andrée Despierre ein Haftbefehl erlassen worden.

Der Anwalt, den sie sich genommen hatte, Maître Capade, ließ einen Spezialisten von Weltruf, Professor Schwartz, aus Paris kommen, und dieser gelangte nach einer scharfen Kritik an der Arbeit seines Kollegen zu weniger kategorischen Schlüssen.

Innerhalb von drei Monaten war Nicolas zweimal exhumiert worden, und es war die Rede davon, ihn noch ein drittes Mal auszugraben, denn das gerichtsmedizinische Institut von Lyon, das ebenfalls hinzugezogen wurde, verlangte weitere Proben.

Es wurde auch über die Bromkapseln diskutiert, die der Ladenbesitzer aus Saint-Justin abends immer eingenommen hatte, wenn er einen Anfall kommen fühlte. Der Apotheker von Triant, der sie verkaufte, war verhört worden und versicherte, daß die beiden Hälften dieser Kapseln nicht zusammengeklebt waren, so daß man sie leicht wie eine Dose öffnen und irgend etwas hineintun konnte.

Was ging das alles Tony an? Er fragte sich nicht einmal mehr, ob er schuldig gesprochen würde oder nicht und was gegebenenfalls seine Strafe sein würde.

Die Menge, die sich am 14. Oktober im Gerichtssaal drängte, und die Anwälte, die zahlreich erschienen waren, schienen über seine Haltung erstaunt zu sein. Die Zeitungen sprachen von Gefühllosigkeit und Zynismus.

Sie saßen auf derselben Bank, Andrée und er, zwischen ihnen saß ein Gendarm. Andrée beugte sich ein wenig vor und sagte:

»Guten Tag, Tony!«

Er wandte den Kopf nicht um und zuckte auch nicht zusammen, als er ihre Stimme hörte.

Unter ihnen machten sich auf einer anderen Bank die Verteidiger und ihre Gehilfen zu schaffen. Außer Maître Capade hatte Andrée eine Berühmtheit der Pariser Anwaltskammer, Maître Follier, verpflichtet. Die Menge verschlang ihn mit den Augen wie einen Filmstar.

Der Vorsitzende hatte schöne graue, seidige Haare. Einer seiner Beisitzer war noch sehr jung und schien nicht gerade wohlhabend zu sein, und der andere verbrachte seine Zeit damit, auf einem Papier herumzukritzeln.

Tony registrierte die Bilder, ohne sie mit sich selbst in Verbindung zu bringen, etwa so, wie man eine Landschaft durch die Fenster eines Zuges vorbeiziehen sieht. Die Geschworenen faszinierten ihn, und er starrte einen nach dem anderen lange an, so daß ihm bei der zweiten Sitzung die geringsten Einzelheiten ihrer Gesichtszüge vertraut waren.

Er stand in respektvoller Haltung da, ließ die einleitende Befragung über sich ergehen und antwortete mit derselben gezwungenen Stimme, mit der er früher den Katechismus aufgesagt hatte. Sagte er nicht auch hier die Antworten, die er schon so oft gegeben hatte, auswendig her?

Zunächst wurde die alte Frau vernommen, die man Louchote nannte, und es stellte sich heraus, daß sie die erste war, die eines Tages, als sie aus dem Bahnhof von Triant kam, Andrée durch die kleine Tür des Hôtel des Voyageurs hatte gehen sehen.

Der Zufall wollte es, daß sie zwei Stunden später in dem Augenblick durch die Rue Gambetta ging, als die junge Frau das Hotel verließ. Und als sie in das Café ging, weil es für die Rückfahrt noch zu früh war, traf sie auf Tony.

Da hatte alles angefangen, da waren die Gerüchte entstanden, von denen Tony Falcone erst sehr viel später erfahren sollte. Kommissar Mani hatte geduldig den Faden zurückverfolgt und war schließlich auf die Louchote gestoßen.

Andere schlossen sich an, Männer und Frauen, die er kannte, viele, die er beim Vornamen nannte, einige, die er duzte, weil er mit ihnen zur Schule gegangen war. Sie hatten sich wie zur Sonntagsmesse gekleidet, und manchmal brachten ihre Antworten oder die unfreiwillige Komik ihres Benehmens das Publikum zum Lachen.

Der alte Angelo saß während des ganzen Prozesses unbeweglich und starr auf immer demselben Platz in der zweiten Reihe. Vincent würde sich nach seiner Aussage neben ihn setzen; er wartete im Zeugenzimmer, wo auch Françoise und die Mutter Despierre sich aufhielten.

»Sie sind der Bruder des Angeklagten, und als solcher können Sie nicht vereidigt werden.«

Es war sehr warm im Saal, und es roch nach ungewaschenen Leuten. Eine hübsche junge Anwältin, die Gehilfin von Maître Capade, reichte ihrem Chef Pfefferminzpastillen. Sie drehte sich manchmal um und bot Andrée und, nach einem kurzen Zögern, auch Tony welche an.

Von alledem behielt er wieder nur unzusammenhängende Bilder im Gedächtnis, Nasen, Augen, ein Lächeln, einen halboffenen Mund mit gelblichen Zähnen, das auffällige Rot eines Damenhutes, auch einzelne Sätze, die zusammenzufügen und deren Sinn herauszufinden er sich nicht die Mühe gab.

»Ungefähr einmal im Monat, sagen Sie, traf sich Ihr Bruder Tony mit der Angeklagten in einem Zimmer Ihres Hotels, dem Zimmer Nr. 3, das Sie das blaue Zimmer nannten. Gehörte es zu Ihren Gepflogenheiten, sich heimlich treffenden Paaren in Ihrem Etablissement Unterschlupf zu gewähren?«

Armer Vincent, er wurde öffentlich beleidigt, und dabei hatte er seinen Bruder immer angefleht, dieses Abenteuer zu beenden!

Im Verlauf von Tonys Verhör ließ der Vorsitzende noch eine andere Bemerkung fallen: »Sie waren so leidenschaftlich in Andrée Despierre verliebt, daß Sie nicht zögerten, Ihre schuldhafte Liebe unter dem Dach Ihres Bruders und Ihrer Schwägerin zu verbergen.«

Es war doch ein Hotel, oder nicht? Er mußte unwillkürlich lächeln, als ginge es nicht um ihn. Der Vorsitzende bemühte sich um überraschende, ironische oder grausame Formulierungen, denn er wußte, daß die Reporter auf der Lauer lagen und die Zeitungen sie abdrucken würden.

Da wurde der berühmte Anwalt aus Paris eifersüchtig und fühlte sich bemüßigt, aufzustehen und auch eine treffende Bemerkung anzubringen.

Maître Demarié hatte Tony geraten, ebenfalls einen zweiten Verteidiger zu nehmen, aber das hatte er abgelehnt.

Er war überzeugt, daß das alles unnötig war. Die ganze lange Geschichte, die im Amtszimmer des Richters Diem bereits erörtert worden war, wurde nun für die Geschworenen und das Publikum noch einmal aufgerollt.

Hier verlief alles feierlicher, mit mehr rituellen Formulierungen und Ausschmückungen, mit mehr Darstellern und Statisten, aber im Grunde war es dasselbe.

Ein Datum nach dem anderen, das Tun und Lassen jedes einzelnen wurde wiederholt, und als man bei den Briefen anlangte, ging der große Kampf los, nicht nur zwischen Anklage und Verteidigung, sondern auch zwischen den Anwälten. Jedes Wort wurde zerpflückt, und Maître Follier schwenkte sogar einen Band des Littré in der Luft und zählte die verschiedenen Bedeutungen einiger Wörter auf, die jeder täglich gebraucht.

Andrée war schwarz gekleidet. Sie folgte den Debatten mit mehr Anteilnahme als er und beugte sich manchmal vor, um ihn zur Zustimmung aufzufordern oder ihm zuzulächeln.

Das Gefecht der Sachverständigen fand erst am dritten Tag statt.

»Bis jetzt«, sagte der Vorsitzende, »habe ich immer geglaubt, daß der Verkauf von Giften gesetzlich streng geregelt und daß es unmöglich ist, sich ohne ärztliche Verordnung welche zu beschaffen. Und was sehen wir in diesem Fall?

In einem Schuppen, der den ganzen Tag über offensteht, gibt es eine alte Kakaobüchse mit über fünfzig Gramm Strychnin, also genug, um Hunderte von Menschen zu töten, wenn ich den toxikologischen Abhandlungen Glauben schenken darf.

Im Lebensmittelgeschäft der Despierres entdecken wir im Hinterzimmer mitten unter den Lebensmitteln zwei Kilo – Sie haben richtig gehört –, zwei Kilo desselben Giftes sowie eine ebenso große Menge Arsen.«

»Wir alle bedauern das«, erwiderte einer der Sachverständigen, »aber so ist leider das Gesetz. Zwar ist der Verkauf von Giftstoffen durch Apotheken streng geregelt, aber Gifte, die zur Schädlingsbekämpfung dienen, werden in den Landwirtschaftsgenossenschaften, in den Drogerien und in bestimmten Geschäften auf dem Land frei verkauft.«

Alle waren sie da, von morgens bis abends, immer auf demselben Platz, die Richter, die Geschworenen, die Anwälte, die Gendarmen, die Journalisten und auch die Schaulustigen, die auf geheimnisvolle Weise ihren Platz besetzt hielten. Und die Zeugen setzten sich einer nach dem anderen nach ihrem kleinen Auftritt hinter der Gerichtsschranke wieder an ihren Platz.

Von Zeit zu Zeit verschwand einer der Anwälte, die sich an der Nebentür zusammendrängten, um in einem anderen

Raum einen anderen Klienten zu verteidigen, und wenn die Verhandlung unterbrochen wurde, war der Saal von Pausenlärm erfüllt.

Dann wurde Tony in ein dunkles Zimmer geführt, dessen einziges Fenster drei Meter über dem Boden lag. Andrée befand sich zweifellos in einem anderen, ähnlichen Zimmer. Demarié brachte ihm Mineralwasser. Die Richter tranken sicher auch etwas. Wie im Theater oder im Kino rief eine Klingel alle wieder auf ihre Plätze zurück.

Die Mutter Despierre, bleicher denn je, veranstaltete einen sensationellen Auftritt. Mit ihr sprach der Vorsitzende etwas sanfter, denn sie gehörte ja in gewisser Weise zu den Opfern.

»Ich habe meinem Sohn nie zu dieser Ehe geraten, ich habe gewußt, daß dabei nichts Gutes herauskommt. Unglücklicherweise hat er diese Frau geliebt, und ich habe nicht den Mut gehabt, mich zu widersetzen...«

Warum merkte er sich den einen Satz besser als den anderen?

»Ich muß traurige Erinnerungen in Ihnen wachrufen, Madame, und auf den Tod Ihres Sohnes zu sprechen kommen.«

»Wenn sie mich nicht aus meinem eigenen Haus verdrängt hätte, hätte ich auf ihn aufgepaßt, und es wäre nichts passiert. Wissen Sie, diese Frau hat ihn ja nie geliebt. Sie hat es nur auf unser Geld abgesehen. Sie hat gewußt, daß er nicht alt würde. Als sie sich einen Liebhaber genommen hat...«

»Sie waren von ihrem Verhältnis mit dem Angeklagten unterrichtet?«

»Wie jeder in Saint-Justin, außer meinem armen Nicolas.«

»Im Monat August des letzten Jahres hatte er offenbar einen Verdacht.«

»Ich habe sehr gehofft, daß er sie auf frischer Tat ertappen und Andrée hinauswerfen würde. Statt dessen ist es ihr irgendwie gelungen, ihn zu beschwatzen.«

»Wie haben Sie reagiert, als Sie Ihren Sohn tot vorfanden?«

»Ich habe gleich den Verdacht gehabt, daß er nicht an einem seiner Anfälle gestorben ist und daß seine Frau dahintersteckt.«

»Natürlich hatten Sie keine Beweise.«

»Ich hab abgewartet, bis sie sich an die Frau von ihm heranmachten.«

Sie zeigte mit dem Finger auf Tony.

»Das konnte nicht ausbleiben. Und die Ereignisse haben mir recht gegeben.«

»Waren nicht Sie es, die zwei Tage nach dem Tod von Madame Falcone einen anonymen Brief an den Staatsanwalt schickten?«

»Die Sachverständigen haben meine Handschrift nicht einwandfrei identifizieren können. Es kann irgendwer gewesen sein.«

»Erzählen Sie uns von dem Paket, das den Marmeladentopf enthielt. Wer hat es im Laden in Empfang genommen?«

»Ich. Am Tag vorher, das heißt am Dienstag, am 16. Februar.«

»Haben Sie es geöffnet?«

»Nein. Ich hab am Etikett gesehen, was drin war, und hab's ins Hinterzimmer gestellt.«

Es war einer der wenigen Augenblicke, in denen Tonys Aufmerksamkeit erwachte. Er war nicht der einzige, der dieser Aussage besonderes Interesse entgegenbrachte. Sein Anwalt war aufgestanden und zwei Schritte nach vorn gegangen, wie um besser zu hören, vielleicht aber in der vergeblichen Hoffnung, die Zeugin aus der Fassung zu bringen.

Von den Antworten, die Madame Despierre geben würde, hing zum großen Teil Tonys Schicksal ab.

»Um wieviel Uhr gingen Sie morgens ins Geschäft?«

»Am Morgen des siebzehnten? Um sieben Uhr wie alle Tage.«

»Haben Sie das Paket gesehen?«

»Es stand immer noch am selben Platz.«

»Noch verschnürt und mit unversehrtem Klebestreifen?«

»Ja.«

»Sie standen bis zehn vor acht hinter dem Ladentisch. Dann nahm Ihre Schwiegertochter Ihren Platz ein, und Sie gingen in Ihre Wohnung, um etwas zu essen. Stimmt das?«

»Es ist die Wahrheit.«

»Wie viele Personen waren im Laden, als Sie ihn verließen?«

»Vier. Ich hatte eben Marguerite Chauchois bedient, als ich sah, wie dieser Mann die Straße überquerte und auf unseren Laden zukam. Ich bin durch den Garten in meine Wohnung gegangen.«

Sie log. Und sie konnte der Lust nicht widerstehen, Tony

herausfordernd anzublicken. Wenn das Paket zu diesem Zeitpunkt offen war, und das war es mit Sicherheit, mehr noch, wenn es seit dem vorigen Tag offen war, was wahrscheinlich war, hatte Andrée genug Zeit gehabt, das Gift unter die Marmelade in einem der Töpfe zu mischen.

War das Paket dagegen nicht geöffnet, so hatte sie während der knapp zwei Minuten, die Tony im Laden verbracht hatte, nicht die nötige Zeit dazu gehabt.

Der alten Despierre genügte es nicht, daß Andrée für den Tod von Nicolas bezahlen mußte. Auch Tony sollte bezahlen.

»Dazu möchte ich bemerken ...«, begann Maître Demarié, während im Saal Unruhe entstand.

»Sie werden Ihren Standpunkt den Geschworenen in aller Ruhe in Ihrem Plädoyer darlegen können.«

Tony sah Andrée nicht. Die Zeitungen behaupteten, sie habe in diesem Augenblick gelächelt, eine sprach sogar von einem genüßlichen Lächeln.

Ganz hinten links neben dem Ausgang entdeckte er zum ersten Mal die Schwestern Molard. Sie trugen beide die gleichen Kleider und Hüte und hatten die gleiche Tasche auf den Knien. In der grünlichen Beleuchtung des Saales fiel es mehr auf denn je, was für Mondgesichter sie hatten.

Im Verlauf der einleitenden Befragung von Andrée, die der von Tony vorausging, hatte sie stolz erklärt, oder vielmehr sie hatte dem Gericht und dem Publikum verkündet, als würde sie ein Glaubensbekenntnis ablegen:

»Ich habe meinen Mann nicht vergiftet, aber ich hätte es vielleicht getan, wenn sich sein Tod zu lange hinausgezögert hätte. Ich habe Tony geliebt, und ich liebe ihn immer noch.«

»Wie gedachten Sie sich Madame Falcones zu entledigen?«

»Das ging mich nichts an. Ich habe Tony geschrieben. Ich habe gesagt: ›Nun du!‹ und habe vertrauensvoll gewartet.«

»Gewartet worauf?«

»Daß er sich frei macht, wie wir es beschlossen hatten, sobald ich frei sein würde.«

»Sie haben nicht damit gerechnet, daß er sie töten würde?«

Da sagte sie erhobenen Hauptes mit ihrer schönen rauhen Stimme:

»Wir lieben uns!«

Der Tumult war so groß, daß der Vorsitzende drohte, den Saal räumen zu lassen.

Es war alles ein abgekartetes Spiel gewesen, vom ersten Tag an. Und der erste Tag war nicht der Tag von Nicolas' Tod und nicht der Tag von Gisèles Martyrium.

Der erste Tag, das war der 2. August des vergangenen Jahres, der Tag im blauen Zimmer, das vor Sonne knisterte, als Tony nackt und selbstzufrieden vor dem Spiegel stand, der ihm das Bild einer Andrée zeigte, die ganz erschöpft ausgestreckt dalag.

»Hab ich dir weh getan?«

»Nein.«

»Bist du mir böse?«

»Nein.«

»Wird deine Frau dir Fragen stellen?«

»Ich glaub nicht.«

»Stellt sie dir manchmal welche?«

Gisèle lebte noch, und nicht lange, nachdem diese Worte gewechselt worden waren, sollte er zu ihr und Marianne in ihr neues Haus zurückkehren.

»Du hast einen schönen Rücken. Liebst du mich, Tony?«

»Ich glaub schon...«

»Du bist nicht sicher?«

Hatte er sie geliebt? Ein Gendarm saß zwischen ihnen, sie beugte sich von Zeit zu Zeit vor, um ihn mit demselben Gesichtsausdruck anzusehen wie in dem Zimmer in Triant.

»Könntest du dein ganzes Leben mit mir verbringen?«

»Sicher!«

Die Worte hatten ihren Sinn verloren. Und mit ihnen beschäftigten sie sich in einer lächerlichen Feierlichkeit – mit Dingen, die nicht existierten, und mit einem Mann, der ebensowenig existierte.

Der Oberstaatsanwalt sprach einen ganzen Nachmittag lang, der Schweiß lief ihm übers Gesicht. Er forderte schließlich die Todesstrafe für beide Angeklagten.

Der ganze folgende Tag war den Plädoyers gewidmet. Es war acht Uhr abends, als sich die Geschworenen zur Beratung zurückzogen.

»Es bleibt uns noch eine Chance«, erklärte Maître Demarié, während er in dem kleinen Zimmer auf- und abging. Tony war der Ruhigere von ihnen beiden.

Glaubte der Anwalt an seine Unschuld? Zweifelte er? Das war ohne Bedeutung. Er sah ständig auf die Uhr. Um halb zehn hatte die Glocke, die die Fortsetzung der Verhandlung ankündigte, noch immer nicht in den Gängen geläutet.

»Das ist ein gutes Zeichen. Wenn sich die Beratungen in die Länge ziehen, bedeutet das im allgemeinen...«

Sie warteten noch eine halbe Stunde. Dann nahmen alle ihre Plätze wieder ein. Eine Lampe an der Decke war durchgebrannt.

»Ich erinnere das Publikum daran, daß ich keine Meinungsäußerungen dulden werde.«

Der Sprecher der Geschworenen erhob sich mit einem Blatt Papier in der Hand.

»... was Andrée Despierre, geborene Formier betrifft, so lautet die Antwort der Geschworenen auf die erste Frage: Ja. Auf die zweite Frage: Ja. Auf die dritte und vierte Frage: Nein.«

Sie wurde der vorsätzlichen Ermordung ihres Mannes für schuldig erklärt, nicht aber der Ermordung von Gisèle.

»... was Antoine Falcone betrifft, so lautet die Antwort der Geschworenen...«

Man erklärte ihn der Ermordung von Nicolas für nicht schuldig, befand ihn aber des Mordes an seiner Frau schuldig, und auch bei ihm wurde Vorsätzlichkeit angenommen.

Während der vorsitzende Richter leise mit seinen Beisitzern sprach, indem er sich bald dem einen, bald dem anderen zuwandte, trat eine vor Ungeduld knisternde Stille ein.

Endlich verkündete der Vorsitzende das Urteil: Todesstrafe für beide Angeklagten, auf Empfehlung der Geschworenen in lebenslängliche Zwangsarbeit umgewandelt.

Alle erhoben sich gleichzeitig, die Leute riefen sich von einem Saalende zum anderen zu, und in dem ganzen Tumult erhob sich auch Andrée und drehte sich langsam zu Tony um.

Diesmal konnte er den Blick nicht abwenden, so sehr faszinierte ihn ihr Gesicht. Niemals hatte er sie in den Augenblicken, da ihre Körper am vollkommensten vereint gewesen waren, so schön und so strahlend gesehen. Niemals hatte ihr voller Mund ihn mit einem solchen Triumph der Liebe angelächelt. Niemals hatte sie ihn mit einem Blick so vollständig in Besitz genommen.

»Siehst du, Tony«, rief sie ihm zu, »sie haben uns nicht getrennt!«

Noland (Vaud), 25. Juni 1963